어쨌거나 스무 살은 되고 싶지 않아

# 어쨌거나 ─ 스무 살은 되고 싶지 않아

조우리 연작 소설

비룡소

차
례

이재경

마늘, 오늘은 마늘이다. 집 안이 마늘 진액 냄새로 가득하다. 눈을 뜨자마자 아침 입덧을 하는 임산부처럼 헛구역질을 하며 부엌으로 나갔다. 식품 건조기가 맹렬하게 돌아가며 마늘 가스를 뿜어내고 있고 타이머는 일곱 시간으로 설정되어 있다. 나는 신경질적으로 베란다 문과 창문을 연이어 활짝 열어젖혔다.

"아, 창문 좀 열고 하라고, 좀!"

"잘 잤나 보네? 아침부터 짜증 부릴 에너지도 있고? 여보! 식사!"

식탁 위 양푼 가득한 풀때기와 칙칙한 장아찌들, 식물의 시체 같은 나물 반찬들과 집 된장으로 만들어 냄새가 아주 지독한 배춧국, 퍼석하고 윤기가 하나도 없는 백 프로 현미밥을 삼 초 내로 스캔했다.

"으아아아아!"

괴성을 지르며 욕실로 뛰어가다 엄마에게 잡혀 강제로 산삼 달인 물을 원샷 했다. 빈속에 마셔야 효과가 있다며 엄마는 내 의사는 전혀 존중하지 않고 아침마다 이런저런 액체를 내 입에 쏟아붓는다. 한번은 엄마가 출근할 때까지 안 일어나고 버텨 보려다 침대에 누운 채 강제 복용당할 뻔했다. 우리 엄마가 안기부 고문관이었고 그 후 인생 세탁을 한 거라고 팔순 잔치에서 고백한다 하더라도 나는 이미 눈치채고 있었노라고 한없이 침착할 자신 있다.


엄마는 늘 바쁘다. 엄마가 아무것도 안 하고 가만히 뒹굴거리며 누워 있는 것을 한번도 본 기억이 없다. 심지어 잘 아프지도 않는다. 내가 아는 범주에서 엄마가 하는 일들의 리스트는 대강 이러하다.


1. 매일 아침 갖은 약초를 다리거나 진액을 내리거나 건조시키거나 장아찌를 담거나 나물을 다듬거나 절이거나 찌거나 무

치거나 함.

2. 집에서 조금 떨어진 공터의 밭에 매일 나가 물을 주거나 거름을 주거나 상추를 비롯한 쌈 야채를 솎거나 씨를 뿌리거나 뭐를 심거나 뽑거나 함.

3. 동네 아줌마들을 모아 놓고 문화센터에서 '건강한 요리 교실'이랍시고 칙칙한 요리들을 만드는 방법을 가르치며 전문가인 척함.

4. 저녁 식사 후 「생로병사의 비밀」, 「대체의학」, 「숲과 들을 접시에 담다」, 「한국인의 밥상」, 「병원을 떠난 의사들」 등의 건강 관련 프로그램을, 바깥 소리가 완전히 차단되는 블루투스 헤드폰을 끼고 고시생처럼 집중해서 봄.

5. 4번에서 얻은 지식을 이용해 1번을 업그레이드 함.

6. 자기 전까지 두꺼운 연습장에 올 컬러판 『본초 동의보감 약초 백과사전』을 요약함.


엄마가 처음부터 저렇게 캐릭터가 확실한 사람은 아니었다. 십여 년 전 아빠가 고혈압과 당뇨, 협심증으로 쓰러지며 입원과 퇴원을 반복했고, 식이요법을 해야만 하는 상황이 시작되었다. 엄마는 오랜 약 복용으로 약해진 아빠의 간을 위해 대체 의학

관련 공부를 하게 되었고 약초 교실을 통해 산과 들을 다니며 자신의 새로운 재능을 찾아갔다. 식물 도감의 그림 및 사진과 실제 약초를 일치시키는 일이 초보자에게 쉽지 않은 일임에도 엄마는 무척 잘 해냈고 암기도 잘 해 약초 교실 수제자가 되었다. 그 뒤 무농약 재배와 친환경 인증에 관심을 가지며 직접 농사를 시작했고, 천일염, 효소, 간장, 된장, 들기름 등을 직접 만드는 프로그램에 참여해 마스터한 후 약초와 채소로 이루어진 저장 음식을 연구해 작은 책까지 냈다. 이게 다 엄마의 노력으로 아빠의 건강 상태가 좋아졌기에 가능했던 일이다. 책을 낸 후로는 지역에서 나름 유명 인사가 되어 문화센터나 주부 강연에 정기적인 강의를 다닌다.

평범한 주부였던 엄마에게 강의 섭외 전화가 올 때나 '집밥 연구가'라는 정체불명의 직업이 찍힌 명함을 볼 때마다 나는 아직도 적응이 되지 않는다. 뭔가 대단하다는 생각은 든다. 하지만 냉정히 말하자면 엄마의 행보는 내게 과유불급으로 보인다. 사람이 환자가 아닌 이상 어떻게 몸에 좋은 것만 먹고 살 수 있겠는가. 게다가 나는 고2 남자 아닌가. 라면도 먹고, 피자도 먹고, 조미료 꽉꽉 들어간 김치찌개도 먹고 해야 잘 먹은 느낌이 드는데 엄마는 청소년기 식습관이 중요하다며 내게 엄마의

'집밥' 외의 음식을 절대 허용하지 않는다. 엄마는 매일 급식 때 먹으라며 현미밥을 따로 싸 준다(물론 집에 오는 길에 맨날 버린다). 우리는 외식도 하지 않는다. 감기가 지독하게 걸려도 배즙이나 생강 도라지차로 이겨 내야 한다. 엄마의, 그놈의 '집밥' 신봉은 종교처럼 집요한 면이 있고 나는 언제나 배반할 기회만 엿본다.

하지만 무엇보다 엄마와 내가 대립각을 세우는 부분은 내 피부에 관해서다. 나는 얼굴이 썩 못난 편이 아닌데 여드름이 내 잘생김을 덮고 있다. 중학교 2학년, 여드름이 하나둘 나기 시작했을 땐 그러다 말겠거니 했지만 지금까지 단 한 번도 좋아진 적이 없다. 오히려 점차 악화되는 추세이다. 붉고 고름이 가득 찬 여드름은 얼굴만으로 면적이 부족했는지 최근 귀 아래와 목 부분까지 침범했다. 이 정도면 피부과에서 정기 치료를 받아야 마땅한데, 엄마의 신념에 위배된다는 이유로 민들레 달인 물과 엄마가 직접 만든 연고 등을 바르며 3년을 보내야 했다. 엄마는 피부과 이야기만 꺼내면 피부 자생력이 어쩌고 스테로이드가 어쩌고 하며 귓등으로도 안 듣는다. 거울 볼 때마다 짜증이 나서 미쳐 버릴 것 같다. 고등학교를 졸업하기만 하면 바로 취직해서 피부과 치료를 받을 거다. 스테로이드 연고건 여드름 주사

건 단 하루만이라도 깨끗한 얼굴로 살 수 있다면 다 해 버릴 거다. 그리고 집을 나가서 매일 하루 세끼 라면, 피자, 떡볶이, 치킨만 먹고 살 거다. 결혼해서 명절 때 집에 가도 배달 음식만 시켜 먹을 거다.

밥 안 먹고 가냐고 소리치는 엄마의 목소리를 뒤로하고 집을 탈출했다. 아파트 공동 현관을 빠져나오는데 엄마가 창문을 열고 뭐라고 소리소리 지르는 게 들린다. 단호하게 앞만 보고 걷는다. 학교 가는 길 문방구 앞에서 컵 떡볶이와 콜라를 선 채로 다 해치우고 근처 빌라 골목에 들어가서 담배 한 대를 피우니 살 것 같다. 하지만 아침에 억지로 마신 산삼의 쓴맛이 혀에 남아 있어 자꾸 침을 뱉어야 했다.

교문 근처에서 민기를 만났다. 다가와 온 힘을 다해 어깨를 부딪친 민기는 내게 눈짓을 한 후 교복 주머니를 벌려 무언가 보여 주는 시늉을 하더니 재빠르게 몸을 훅 틀었다.

"뭔데, 새끼야?"

웃음을 질질 흘리며 도망가는 민기를 따라가기 시작했다. 우리는 교문을 지나 교실까지 추격전을 벌였다. 키가 나보다 작지만 하체가 튼실한 민기는 경주마처럼 잘 뛴다. 3층까지 뛰자 심장이 터질 것 같고 다리에 힘이 풀렸다. 엄마가 요새 너무 허하다고 산삼을 달여 먹이려는 것도 좀 이해가 간다. 속도를 늦추고 단전에 힘을 모은 후 교실로 들어가 아이들 앞에서 수작을 부리고 있는 민기 새끼를 뒤에서 잡아 헤드록을 걸고 주머니를 뒤졌다. USB가 떨어졌다.

"뭐야, 감히 이딴 걸로 낚시질을 하냐?"

"이 새끼 좀 봐봐! 이 똥 된장도 못 알아보는 새끼."

나는 내 품에서 바둥거리는 민기를 놨다. 민기는 잽싸게 바닥에 떨어진 USB를 낚아챘다.

"이거 완전 레어. 올 노모! 완전 다 나온다 함. 게다가 땀구멍까지 다 나옴. 초고해상도."

말이 끝나자마자 순식간에 아이들이 개떼같이 민기에게 달려들어 팔을 잡고 다리를 잡고 어깨를 잡고 제압한 후 USB를 빼앗았다. 나는 민기의 왼쪽 다리를 부둥켜 안고 "주번, 컴실 열쇠!"를 외쳤다. 민기를 잡은 채 그대로 들어 올려 헹가래를 받는 감독마냥 복도로 모시고 나가는데 하연이 들어오다 멈춰서서 우리를 바라봤다. 전기가 오른 것처럼 몸이 찌릿해져서 더 큰 목소리로 아이들과 "땀구멍!"를 목 놓아 합창했다. 우리가 지나가자 쟤네 뭐냐는 하연의 질문에 몰라 미친놈들, 하는 답이 들려왔다.

학기가 반이 지났는데도 하연과 제대로 말 한마디 해 본 적이 없다. 분단도 멀리 떨어져 있고 겹치는 선택수업도 없다. 2학년이 된 첫날 하연을 처음 봤을 때의 충격과 공포가 아직도 생생하다. 짧은 단발머리를 귀 뒤로 넘겨 귀가 드러나 있었는데 인간의 귀란 기관이 그토록 섬세하고 아름답게 생길 수 있는 줄 처음 알았다.

하연은 말수가 적고 친하게 지내는 애도 없다. 따라서 하연과 말 한마디 못 해 본 아이는 나뿐이 아니었다. 다행인지도 모른다. 하연이 나를 쳐다본다고 생각만 해도 몸의 어딘가가 펑 터져 버릴 것 같다. 전혀 준비되어 있지 않다.

컴퓨터실에서 동영상을 재생하려는데 그 파일을 열 수 있는 동영상 플레이어가 깔려 있지 않았다. 다운 받으려는데 인터넷이 안 돼 폰으로 와이파이 핫스팟을 연결해야 했고, 다운 받은 후에는 또 코덱이 없어서 검색을 하고 다운을 받고 하는 동안 수업 시작종이 울렸다.

"학교에서 야동 한번 보기 존나 힘드네."

우리는 아쉬움을 뒤로하고 교실로 돌아갔다. 그러고는 1교시부터 숙면을 취하기 시작했다. 정신없이 자고 있는데 누군가 나를 흔들어 깨웠다. 벌써 2교시가 끝났다.

"야야, 일어나. 체육."

아이들은 투덜거리며 체육복으로 갈아입고 신발을 꺼내고 있었다. 일어나려던 나는 하반신의 익숙한 느낌에 깜짝 놀라 다시 엉거주춤 주저앉았다. 똘똘이가 풀발기 되어 있었다. 아침부터 야동을 보려고 한 게 섬세한 나의 똘똘이에게 너무 센 자극을 주었던 걸까? 머릿속은 혼란의 폭풍이 불었다. 이마를 책상에 박고 발기를 죽이기 위해 내가 할 수 있는 가장 건전한 이미지들을 맹렬히 불러내기 시작했다. 바다, 도봉산 정상, 할머니의 버선, 어제 갖고 놀았던 무당벌레, 앞집 꼬맹이 우는 얼굴, 담임의 목소리, 애국가, 무궁화, 백두산…… 하지만 발기는 조금도 줄어들지 않고 여느 때보다 상태가 훌륭하고 고고하기만 했다. 종소리가 들리자, 나는 그냥 체육을 오늘 하루 땡땡이칠 수밖에 없다고 생각했다.

"안 나가냐?"

"야, 나 체육이 찾으면 배 아파서 양호실 갔다 그래."

"오늘 수행평간데?"

"아 씨발, 그냥 그렇다고 해."

"아침까지만 해도 야동 보겠다고 나대던 새끼가."

"꺼져."

아이들이 나가자 교실은 순식간에 텅 비고 조용해졌다. 책상을 뚫을 정도로 단단히 발기한 아랫도리를 느끼며 화장실에 가서 해결할까 고민하다 다시 잠에 빠졌다. 하지만 얼마 지나지 않아 나를 거칠게 깨우는 소리에 다시 일어나야 했다.

"야, 체육이 너 빨리 당장 나오래. 완전 열 받았어."

"아, 왜? 아프다고 하라니까……."

"허락도 안 받고 진단서가 있는 것도 아니고, 수행평간데 빠졌다고…… 지금 데려오래."

"아…… 씨발……."

"빨리 나와. 체육 더 열 받기 전에."

서둘러 교실을 빠져나가는 그 애를 따라갈 수밖에 없었다. 아랫도리는 조금 힘이 빠졌지만 완전히 안심할 상태는 아니다. 아까 화장실에 가서 처리하지 않고 다시 잠에 빠진 나를 저주하고 원망했다. 운동장 스탠드를 걸어 내려가는데 반 아이들의 시선이 모두 나를 향했다. 몸을 최대한 앞으로 숙이고 바지 주머니에 손을 넣어 공간을 만들어 불필요한 자극을 주지 않기 위해 최선을 다했다.

"22번 이재경! 정신 빠져 가지고! 내가 만만하냐? 주머니에서 손 빼라."

체육 앞에서 고개를 쑥 빼고 몸을 앞으로 숙이고 땅만 바라보며 얼른 이 시간이 지나길 기다렸다. 나는 왜 거북이처럼 등껍질이 없을까. 만물의 영장어라는 인간은 왜 수치의 순간에 몸을 감출 만한 등껍질도 없는 것일까. 파충류보다 하등한 종족 같으니라고. 다음 생에서는 꼭 거북이로 태어난다, 아니면 달팽이, 소라게, 동굴 박쥐. 체육의 잔소리는 이어지고 있었다. 슬쩍 곁눈질로 보니 모든 아이들이 나를 흥미진진한 눈으로 바라보고 있다. 심지어 하연마저도.

"……알았나? 몸이 불편하면 먼저 찾아와서 양해를 구하는 게 먼저다. 어디 건방지게 다른 애를 시켜서 통보를 해. 이재경, 상태도 멀쩡해 보이는데 오늘 수업 참여해라. 아프다고 하더라도 이런 식으로 행동하는 건 내가 용납 못 한다. 알았으면 수행평가 하고 들어가."

체육의 옆에 단단히 뿌리박고 있는 철봉 세 개가 눈에 들어왔다. 맙소사. 오늘 수행평가는 턱걸이였다.

"시작해라."

나는 철봉 앞에서 고개도 들지 못하고 주머니에서 손도 빼지 못한 채 얼어붙었다. 이런 상황에서도 발기는 줄어들지 않았다.

정상적인 상황이 아니다. 문득 엄마가 요 며칠 아침마다 먹인 산삼액이 떠올랐다. 아침에 잘 일어나지도 못하고 비실댄다고, 걸음에 힘이 없다고, 아는 심마니에게 아주 좋은 산삼을 싼 가격에 사 온 거라고 엄마는 몇 번이나 말했다. 죽은 사람도 벌떡 일어나게 한다는 산삼. 그걸 살아 있는 내가 먹으니 다른 곳이 벌떡 일어나게 된 것 같다. 이 상황이 너무 화나고 수치스러워 정신을 차릴 수 없었다.

"이재경!"

체육이 다시 나의 이름을 불렀다. 아주 천천히 주머니에서 손을 빼고 철봉에 매달렸다. 한 번만 하는 시늉을 대충 하고 내려오면 모면할 수 있을 것 같기도 하다. 철봉의 차갑고 단단한 감촉이 손바닥에 느껴진다. 능지처참을 곧 당하는 죄수의 심정이 바로 이런 것일까. 팔에 힘을 주고 몸을 위로 당겨 올리는데 갑자기 술렁이는 소리가 들렸다. 잽싸게 손을 놓고 바닥으로 착지했다. 하지만 술렁이는 소리는 조금씩 더 커졌다.

"미친 새끼, *크크크크*."

민기가 킬킬대기 시작하자 파도가 이는 것처럼 웃음소리가 내게 쏟아졌다.

"이 새끼 존나 남자다!"

"멋있다! 오오오, 이재경!"

아이들의 야유와 조롱 사이로 여자애들의 혐오감 섞인 비명 소리도 들렸다. 자기들끼리 귓속말로 속닥거리며 웃느라 정신이 없어 보였다. 잠시 후 체육이 상황 파악을 했는지 다가와 내 등짝을 아주 세게 때리고 들어가라고 했다. 정신이 반쯤 나간 상태로 비틀비틀 교실로 돌아섰다. 뒤에서 체육이 나를 부르는 소리가 들렸지만 교실로 향하는 발걸음을 멈출 수 없었다.

오후가 어떻게 갔는지 모르겠다. 하교 시간까지 하루종일 엎드려 있었다. 쉬는 시간 아이들이 '핵발기' '1반 텐트남' '발기대마왕' '진짜 사나이' 등 무수한 새 별명으로 나를 부르는 소리가 들렸다. 심지어 다른 반 애가 "얘야?" 하며 내 책상 앞으로 순례를 왔다. 몇 시간 만에 전교에서 가장 유명한 인물이 된 것 같았다. 수업 들어오는 선생님들도 무슨 소리를 들었는지 나를 깨우란 말을 하지 않았다. 마지막 수업이 끝나고 종례를 마치자마자 나는 가방을 메고 모터를 단 로봇처럼 아주 빠른 걸음으로 고개를 푹 숙이고 학교를 빠져나왔다. 다행히 아래의 상태는 아까보다 좀 나아졌다. 나의 이름과 망할 새 별명들을 부르는 아이들의 목소리가 들렸지만 한 번도 고개를 들지 않았다.

집에는 아무도 없었다. 가방을 거실 한복판에 던져 놓고 부엌으로 가 산삼액을 담아 둔 페트병을 찾아 싱크대에 다 쏟아 붓고는 미친 듯이 빈 통을 난폭하게 발로 밟았다. 목구멍에서 자꾸 짐승 소리 같은 게 비어져 나왔다. 철봉 앞에서 본 웃는 아이들의 얼굴 사이로, 신기한 것을 보는 것처럼 의아한 표정을 짓고 있던 하연이의 얼굴이 자꾸 떠올랐다. 고개를 계속 흔들어도 시신경에 달라붙은 듯 그 이미지를 떨칠 수가 없었다.

무엇을 찾는 줄도 모르면서 씩씩거리며 부엌을 두리번대는데 문득 아빠의 술 진열장이 눈에 들어왔다. 아빠가 받은 값비싼 양주나 와인, 엄마가 담근 과일주 등으로 가득 채워져 있다. 취해야 한다면 바로 이럴 때가 아니겠는가. 유리문을 열어 손에 잡히는 아무 술이나 꺼내 뚜껑을 땄다. 병째로 꿀꺽꿀꺽 술을 들이켰다. 목구멍이 뜨겁고 위액이 식도까지 올라오는 것처럼 헛구역질이 났다. 힘껏 삼키고 다른 술을 다시 한번 같은 방식으로 들이켰다. 얼마 지나지도 않아 몸이 물속에 있는 것처럼 무거워지기 시작했다. 혹은 중력이 다른 별에 온 것 같다. 부엌의 풍경도 창밖의 풍경도 다 낯설다. 눈물이 줄줄 나온다. 술을 마시니 감정을 주체할 수가 없다. 수치와 분노가 확성기를 통해 증폭되고 있다. 어른들은 잊기 위해 술을 마신다고 하는데, 전혀 잊혀지지 않는다. 내일부터 학교는 어떻게 가지. 아이들의 낄낄대는 소리가 귓가에 들린다. 머리를 식탁에 처박는다. 의아해하는 하연의 얼굴이 눈앞에 아주 가까이 다가온다. 그녀가 내게 뭐라고 속삭이고 있다. 뭐라고? 잘 안 들려. 뭐라고? 이 변. 태. 같. 은. 놈. 아. 아나운서처럼 또박또박 그녀가 내 눈앞에 대고 크게 이야기한다. 이제 학교로 돌아갈 수 없다. 이 일이 부모님 귀에 들어가는 것도 싫다. 생각만 해도 끔찍하다. 전학을 가더라도 따라올 것이다. 체육 시간에 발기한 새끼. 평생 나를 따라다니겠지. 문득 선택의 여지가 없음을 깨닫는다. 그냥 지금 죽는 것 외에는 이 수치를 씻을 다른 방법이 없다.

집 안을 비틀비틀 돌아다니며 자살 도구를 찾았다. 조금 있으면 엄마가 온다. 얼른 끝내야 한다. 하지만 일단 우리 집은 3층이라 뛰어내리기 애매하다(밖으로 나가긴 죽기보다 싫다). 칼로 손목을 긋는 건 무섭다. 그러려면 너무너무 능동적으로 죽어야 하는데 자신이 없다. 넥타이로 목을 매기엔 매듭법을 모르겠다. 감기약, 두통약, 수면제 등을 한 번에 몽땅 먹으면 잠드는 것처럼 죽을 수 있다고 들었다. 상비약 통을 뒤졌으나 그런 약은 하나도 없고 소독약, 반창고, 한방 소화제만 보였다. 엄마가 대체의학 신봉자가 되며 집에 약이 씨가 말랐다. 문득 아이디어가 떠올랐다. 엄마가 내린 약초액 여러 개를 한 번에 마시면 될 것 같다. 좋은 약초를 여러 개 섞으면 성분이 서로 상충되어 독약이 된다고 들었다. 예전에 그렇게 해서 사약을 만들었다고. 아니, 술에 취해서도 이렇게 머리가 잘 돌아가다니. 죽기 조금 아깝다는 생각이 잠시 들었으나 미련을 버리련다. 내가 죽으면 인류는 내 죽음을 첫 '수치사'라고 명명할지도 모르겠다.

점점 더 어지러워 중심을 못 잡는 몸을 이끌고 침착하게 한 발 한 발 베란다로 향했다. 엄마는 약초액을 대부분 이곳에 보관한다. 병들에 씌어 있는 글씨를 읽으려고 하지만 읽어지지가 않는다. 색이 진하고 탁하고 뭔가 치명적으로 보이는 액체들을 서너 병 골라 뚜껑을 열고 입에 콸콸콸 들이부었다. 목젖을 열고 내 몸이 싱크대 하수구라 가정하며 최대한 생각하지 않고, 쉬지 않고 쏟아부었다. 두 병까지는 대충 들어갔는데 세 병부터는 쉽지가 않다. 위가 가득 찼다. 억지로 힘들게 한 모금 한 모금 삼켰다. 세 번째 병을 거의 다 비우고 트림을 하는데 토악질이 나와 이를 악물고 참았다. 어릴 적 가장 심하게 멀미를 할 때 툭 치면 반사적으로 토했던 것처럼 속이 거북하다. 아주 작은 자극에도 애써 먹은 약초액을 다 토할 것 같다. 최대한 참아 보려 노력했지만 잠시 후 도저히 막을 수 없는 구토감에 화장실로 달려 들어갔다. 두어 번 토하고 나자 다리는 부들부들 떨리고 턱도 덜덜거렸다. 거울 속에 입술이 시퍼렇고 눈물 자국에 얼굴이 번질거리는 내가 보였다. 자꾸 잠이 쏟아졌다. 이렇게 죽는 거구나 싶었다. 변기 옆에 쭈그린 채로 죽음을 기다렸다.

깨어났을 때 내 입에는 재갈 같은 것이 물려 있었고 위내시경을 하는 것처럼 호스가 목구멍으로 연결되어 있었다. 숨쉬기가 거북해 빼 달라고 말하고 싶었지만 말을 할 수 없었고 대신 침만 질질 흘렸다. 내가 버둥거리자 간호사가 내 팔을 잡았다. 호스 끝에는 깔때기 같은 것이 달려 있었는데 그리로 다른 간호사가 액체를 붓기 시작했다.

"이재경 학생, 힘 빼세요. 이건 위세척하는 액체이고요, 힘 빼셔야 안 힘들어요. 이게 위에 어느 정도 차면 빼 드리니 그때 구토하심 돼요. 힘 빼세요."

힘을 뺄 수 없어 더더욱 바둥거렸다. 내 팔을 잡은 간호사 손아귀의 힘도 더더욱 세졌다. 얼굴이 눈물과 침으로 범벅이 되었고 곧 이상한 액체가 목구멍을 통해 흘러 들어오자 구토감과 질식의 공포에 정신을 잃을 것만 같았다. 엄마가 눈물을 펑펑 흘리며 내 옆에서 다리를 주무르고 있는 것을 보지 못했다면 그대로 졸도했을 것이다.

　간호사는 일정량의 위 세척액을 깔때기에 다 부었고 나는 짐승처럼 사지를 움직이지 못한 채 눈동자만 굴리며 소리 없이 울부짖었다. 잠시 후 액체가 모두 위에 도달하자 간호사는 호스를 뺐다. 일초의 지체도 없이 내 앞에 놓인 양동이에 미친 듯이 토하기 시작했다. 술 냄새와 약초 냄새는 내 신경을 자극해 토하는 데 가속도를 붙여 주었다. 목구멍에 펌프질을 한 것처럼 한바탕 토하고 기진맥진하여 침대에 누웠다. 다시 잠들려는 나를 엄마가 흔들어 깨웠다.

　"재경아, 재경아, 왜 그랬어?"

　뭐라 말해야 할지 모르겠어서 다시 눈을 감았다. 원인의 제공자인 엄마와 이야기하고 싶지 않았다. 구토를 한 직후여서인지 내 의사와 상관없이 눈물이 줄줄 흘렀다. 속이 너무 쓰리다. 위에 구멍이 생긴 걸까. 위천공? 위염? 위궤양? 그럼 위암으로 발전하는 걸까? 그때 흰 가운을 입은, 오타쿠 같은 인상의 남자가 침대로 다가왔다. 나는 실눈을 뜨고 그를 훔쳐봤다. 아빠와 엄마가 거수경례라도 할 기세로 벌떡 일어났다.

　의사는 차트에 뭔가를 적으며 한동안 말없이 고개를 끄덕이기만 했다. 안절부절못하던 엄마가 먼저 말을 꺼냈다.

"선생님, 저희 애 괜찮은가요?"

"괜찮냐고요?"

의사는 또 말도 없이 차트를 한참 들여다봤다. 인턴이어서 환자들의 신뢰에 부응을 못하니 침묵을 통해 존재감을 더하려는 것인가. 엄마가 한 손으로 내 발을 주무르며 다른 한 손으로 눈물을 훔쳤다. 바쁜 응급실에서 오직 저 의사만 「주토피아」에 나오는 나무늘보 같다. 나무늘보는 귀엽기라도 하지.

"아드님은."

아빠와 엄마가 의사의 입을 뚫어져라 쳐다보고 있고 나도 실눈이 찢어져라 그의 입을 바라봤다. 영원 같은 시간, 이란 표현을 나는 체감한다. 그는 다시 한번 한숨을 크게 쉬고 천천히 말을 이었다.

"일단 급성 알코올 중독 증세로 위세척을 실시했고요."

"알코올 중독이요? 재경아, 너……?"

엄마가 다급한 손짓으로 나를 흔들었다.

"만성 말고 급성이요. 한번에 무식하게 퍼마셨다는 거죠."

"아……"

"술을 단시간 내 이렇게 들이붓는 건 자살행위예요. 진짜 쇼크라도 오면 어쩌려고……. 며칠간은 죽 같은 부드러운 음식만 먹이시고요, 수액 다 끝나면 집에 가셔도 됩니다."

오타쿠 의사가 자리를 떠났다. 나는 다시 눈을 질끈 감았다. 어색한 침묵이 우리 셋 사이에 어정쩡하게 버티고 있었다.

"그냥 일단 쉬게 놔둡시다."

나지막한 아빠 목소리가 들렸다. 충동적으로 눈을 번쩍 뜨고 아빠를 바라보았다.

"아빠, 저 전학 보내 주세요."

아빠가 내게 가까이 다가왔다.

"학교에서 무슨 일이 있었니?"

나는 엉엉 울며 고개를 마구 끄덕였다.

"그냥 전학 보내 주세요."

무슨 말을 하려는 듯 내게 가까이 다가오는 엄마를 아빠가 제지했다. 엄마의 얼굴 위에 땀처럼 흐르는 초조함과 혼란을 모른 척하고 눈을 감았다.


주말이 지나고 월요일이 왔다. 내내 방 안에 처박혀 시간이 흐르지 않길 기도하고 기도했지만, 밤에 베란다에서 몰래 담배를 피울 때마다 맞은편 아파트의 옥상을 백번도 더 올려다보았지만, 아무 일도 일어나지 않은 채 월요일이 왔다. 그날의 해프

닝은 필요 이상 건강한 내 몸뚱아리에 아무런 흔적도 남기지 못했다. 아파 죽는 일이 있더라도 일단 등교해서 조퇴로 처리해야 한다는 엄마의 '18년 개근 주장'이 몸에 배어서일까. 금요일 새벽 응급실에서 돌아와서는 잠만 자느라 학교에 못 갔기 때문에 18년 개근은 물 건너갔다. 그럼에도 8시가 되자 몸은 자동적으로 학교 가는 프로세스대로 움직였다. 가고 싶지 않다는 사념은 움직이는 속도를 조금 낮출 뿐 완전히 멈추게 할 만큼 강렬하지 못하다. 중력이 지구의 60배나 되는 별에서 움직이듯 느릿느릿 교복을 입고 거실로 나가니 엄마가 옷을 차려입고 나를 기다리고 있었다. 멍한 눈을 하고 바라보는 나를 뒤로하고 엄마는 서둘러 현관으로 나가 신발을 신었다.

"데려다줄게."

논쟁할 기운도 없어 엄마의 차에 올라탔다. 학교에 도착하자마자 엄마는 감옥의 교도관처럼 내 팔을 꽉 잡고 교장실로 향했다. 영문도 모르고 멘붕 상태에 빠져 끌려 들어가는데 담임과 교장, 교감, 학생주임 등이 일제히 나를 바라보며 일어서는 게 눈에 들어왔다. 그리고 맙소사, 그 반대편에는 경찰관이 두 명 서 있었다.

"재경아, 몸은 좀 어떠니?"

담임의 질문에 나는 아무런 말도 하지 못했다. 그런데 갑자기 옆에서 흡, 하는 소리가 나더니 엄마가 주저앉아 눈물을 철철 흘리기 시작했다. 담임과 경찰 둘이 엄마를 부축해 소파로 옮겼다.

"심려를 끼쳐 정말 죄송합니다. 다 제가 부족한 탓입니다. 소 잃고 외양간 고친다는 말이 있지만 우린 다행히 소를 잃지 않았으니 외양간만 튼튼하게 고치면 되는 게 얼마나 다행입니까. 제가 최선을 다해 재경 학생과 어머니의 마음에 한 점 의혹이 없도록 이번 일을 확실히 처리할 것입니다."

얼굴이 붉은 교장은 손수건으로 연신 이마와 목을 닦아 가며 말들을 중얼거리고 있다. 나는 모르는 외국어를 듣는 것처럼 무슨 소리인지 도통 알아들을 수가 없었다. 연이어 교장은 여러 전문 기관의 도움을 받아 조사가 백방으로 진행 중이고, 학교 내에서 쉬쉬하고 덮을 일이 절대 없을 것이라며 몇 번이고 다짐했다. 엄마는 이 모든 과정에 말없이 눈물을 흘리며 고개를 끄덕일 뿐이었다.

알고 보니 지난 주 금요일, 내가 새벽에 응급실에 실려 갔다 하루 동안 방 안에만 자빠져 있는 사이 엄마는 응급실 진료 확인서를 들고 학교를 찾아갔고 그렇게 나는 학교 폭력 피해자가 되었다. 전학 보내 달라는 말과 자살 시도(?), 이 두 가지보다 더 명확한 학교 폭력의 징후는 엄마에게 없었다. 엄마는 담임에 이어 교장과 바로 면담하였고 일단 알아보겠다는 교장의 소극적 대응에 화가 나, 잘 아는 주부잡지 기자에게 부탁해 교장실에 전화를 걸게 했다. 기자는 이 학교 학생이 자살 시도로 응급실에 간 것이 시 전체에 하룻밤 만에 소문이 다 났고 더불어 지금이 어떤 시대인데 교장이 쉬쉬하며 덮으려 한다는 제보가 들어와 그것에 대한 특별기획기사를 쓰고 있다며, 주부 독자 백만 명의 잡지 이름을 또박또박 대며 이런저런 질문을 해 댔다. 뿐만 아니라 엄마는 교육청, 경찰, 국가인권위원회, 학교 폭력 신고상담센터, 청소년 상담센터 등 관련이 있을 만한 모든 기관에 신고 전화를 했다. 앉은자리에서 안이한 대응을 비난하는 기관 담당자들의 질책을 소나기처럼 두드려 맞은 교장은 바로 당일 학교폭력대책위원회를 소집했다.

교장실을 빠져나와 담임과 함께 상담실로 옮겼다. 경찰은 반 아이들과 만나 가해자에 대한 증언과 증인들을 확보한다고 한다. 상담실에는 상담 교사가 있었다. 엄마와 내가 나란히 앉고 맞은편에 담임과 상담 교사가 앉았다. 상담 교사의 손에는 두터운 종이 뭉치가 들려 있었다.

"상담지입니다. 같은 반 애들 모두와 상담했는데 지난 목요일 체육 시간에 재경이가 체육 선생님께 심하게 혼이 났다고 하네요. 당일 운동장에 있었던 다른 반 학생들과도 오늘 상담이 있을 예정입니다. 물리적 폭력이 있었는지 여부와 2차로 언어 폭력에 대한 부분, 당시 체육 교사의 대응이 적절했는지 등을 중심으로 문항을 만들었습니다. 확인해 보시겠어요?"

"체육 선생님이요? 그럼 아이들끼리 왕따나 이런 게 아니고……."

"일단 확인하는 과정이 필요합니다."

상담 교사가 서류봉투에서 종이를 꺼내 엄마 손에 넘겨주려는데 뭔가 툭 떨어졌다.

"이건 뭐죠?"

엄마가 주워 든 것은 민기의 USB였다.

"사건 당일 아침, 이것 때문에 재경이를 비롯한 여러 학생들 사이에 좀 소란이 있었다는 여학생들 제보가 있어, 최민기라는 학생에게 압수하였습니다. 관련성 여부는 아직 모르겠고 좀 더 들여다봐야 할 것 같습니다. 무엇보다 재경이와 이야기를 나눠 보는 게 우선입니다."

　엄마는 상담지 몇 장을 들여다보다 말고 책상 위에 올려놨다. 맨 윗 장에 있는 종이에서 '철봉' '발기'란 단어들을 발견하고 서둘러 눈을 깔았다. 목요일 체육 시간 이후, 이런 시간들이 나를 기다린다는 것을 알았다면 진짜 끝장을 냈을 텐데. 확실하게 옥상으로 전력 질주해서 한 치의 망설임도 없이 국가대표 선수처럼 바닥으로 다이빙했을 텐데. 나는 내가 거북이가 되었다고 상상하기로 했다. 나는 눈에 보이지 않는, 아주 단단하고 무거운 등껍질을 가진 거북이다. 눈을 감고 목을 최대한 움츠렸다. 등껍질 안에서는 아무것도 들리지 않고 보이지 않는다. 누구도 내 얼굴을 볼 수 없다. 영원히 나가지 않을 것이다. 사람들이 보는 내 얼굴은 내 등껍질의 얼룩일 뿐이다. 영원히 나를 찾을 수 없다.

　상담 교사가 내게 이런저런 질문을 했지만 한마디도 대답하지 않았다. 그들은 엄마에게 학폭위 조사가 마무리될 때까지 수업 대신 상담 치료를 하겠다고 알렸다. 엄마가 고개를 끄덕이고는 나더러 먼저 복도에 나가 있으라고 했다. 상담실을 빠져나오려는데 교내 방송이 시작되었다. 교장이다. 학교 경찰관 배치와 관련한 안내와 학폭위, 상담 등의 진행 사항을 알리는 내용이

다. 교장의 긴 말은 쉬는 시간을 알리는 종소리에 의해 뭉개졌다. 교장의 목소리가 종소리를 이기기 위해 점점 더 커졌다. 방송부 애들 이따 교장실 불려 갈 것 같다. 곧이어 교실에서 아이들이 개떼같이 몰려나왔다. 상담실로 다시 들어가지도 못하고 일단 휴대폰을 꺼내 유심히 보는 척을 했다.

"이재경!"

복도 가득 내 이름을 부르는 소리가 쩌렁쩌렁 울린다. 눈치 더럽게 없다. 민기가 히죽거리며 내게 다가온다.

"뭐하냐?"

"······엄마 기다린다."

"응급실 갔었다며? 미친. 근데 존나 멀쩡하다?"

"쪽팔리니까 꺼져라."

"야, 근데······."

민기가 갑자기 진지한 표정으로 내게 얼굴을 들이댄다. 나도 민기의 귓속말을 듣기 위해 허리를 숙였다.

"전에 보려던 초고해상도 야동. 그거 개랑 사자랑 곰이랑 거북이랑 하는 것만 계속 나와. 완전 속았음. 두꺼비 체외수정도 나온다."

할 말을 잃었다.

"근데 그거 담임이 압수해 갔다. 크크크크크. 이제부터 내 꿈은 수의사다."

뭐라는 거야 이 새끼는. 근데 민기의 말을 듣는 순간 너무 웃겨서 웃음이 터지고 말았다. 나와 민기는 복도 구석에서 어깨를 들썩이며 미친놈들처럼 웃었다. 배를 부여잡고 웃는데 상담실에서 엄마가 나왔다. 엄마 표정이 너무 슬픈데 그게 또 너무 웃겨서 웃음이 멈추지 않았다. 민기는 내 어깨를 탁 치고 엄마에게 꾸벅 목례한 후 가 버렸다.

"뭐가 그렇게 웃기니?"

내가 대답을 안 하고 끅끅 웃기만 하자 엄마는 한숨을 푹 쉬고 먼저 걸음을 옮기기 시작했다. 긴 복도를 지나 학교 건물 밖으로 나오자 부드러운 햇볕이 나를 안았다. 학교 담벼락을 따라 피기 시작한 개나리는 바람에 흔들리며 이리저리 꽃향기를 뿌렸고 벌이 붕붕거리며 내 귓가를 스쳤다. 개도 하고, 사자도 하고, 곰도 하고, 거북이도 하는 계절이다. 만물의 영장인 인간이 하물며. 이 깨달음을 엄마에게 말해 주고 싶은 충동이 들었다. 하지만 엄마는 학교를 빠져나오자마자 여기저기 전화하느라 정신이 없다. 법적 자문, 합의 같은 단어를 입에 올리며 통화에만 열중하고 있다. 그런 엄마의 뒷모습을 보자 서서히 웃음이

가라앉았다. 그리고 영원히 발기 불능이 될지도 모른다는 불안
감이 들기 시작했다.

아이가 운다. 또 운다. 왜 이 아이는 언제나 울면서 깨어나는 것일까. 천천히 남은 빨래를 마저 넌다. 토요일은 너무나 길다. 오후의 시간은 고이다 못해 썩어 간다. 시곗바늘은 느리고 두서없이, 눈먼 사람의 걸음처럼 흘러간다. 열어 둔 창문으로 쏟아져 들어오는 경쾌한 햇살. 자꾸 창 밖을 바라보며 멍해지려는 나의 머리를 세차게 흔든다. 빨래를 다 널고 거실로 들어오는데 찍찍거리는 소리가 들린다. 돌아서는 내 뒤통수로 흰둥이가 이빨로 케이지의 창살을 갈기 시작하는 끼익하는 쇳소리가 와서 꽂힌다. 온몸의 신경이 곤두서는 느낌이다. 하는 수 없이 사료를 찾아서 흰둥이 케이지를 연다. 먹이 주는 걸 자주 깜빡한다.

아니 실은 일부러 깜빡하는 것이다.

몇 주 전 아빠는 술에 취해 시장에서 케이지에 든 햄스터 두 마리를 사 왔다. 자는 아이를 깨워 햄스터를 보여 주고 흰둥이 가족이라고 멋대로 이름을 붙여 주곤 그 옆에서 대자로 뻗어 잠들어 버렸다. 흰둥이 가족은 임신한 흰 햄스터 암컷과 수컷 한 쌍이었는데 며칠 후 새끼를 깐 암컷은 새끼들을 다 잡아먹고 수컷도 물어 죽여 버렸다. 피투성이가 된 케이지를 들고 벌벌 떨며 햄스터를 데려왔다는 집 앞 시장을 찾아갔지만 소형애완동물 가게는 온데간데없었고 그 자리에 땡처리 천 원전을 하고 있었다. 하는 수 없이 집으로 도로 가지고 들어왔지만 어떻게 처리하면 좋을지 도무지 알 수 없었다. 고대로 두면 굶어 죽겠지 했는데, 며칠 사료를 거르면 시끄럽게 찍찍거리고 창살을 긁어 대 그냥 둘 수가 없다.

오렌지색 사료용 그릇을 꺼내 반쯤 채워 다시 케이지 안에 집어넣는데 흰둥이가 잽싸게 기어올라 손등을 물었다. 소스라치게 놀라 사료용 그릇을 놓친 채 손을 뺐다. 신경질이 치밀어 오르려는데 작은 방에서 하운이 우는 소리가 클라이맥스를 향해 치닫는다. 케이지의 문을 닫고 작은방으로 향한다.

하운이는 땀과 눈물 범벅이 되어 손가락을 빨며 대성통곡을 하고 있다. 아이를 안고 거실로 나와 티브이를 틀었다. 곧 울음을 뚝 그치고 화면 속 뽀로로에 온 신경을 집중한다. 아이의 기저귀를 만져 보니 오줌을 많이 쌌는지 묵직하다. 작은방으로 다시 돌아가 기저귀함을 뒤졌는데 기저귀가 하나밖에 없다. 혹시나 해서 가방, 장롱, 안방, 찬장까지 다 뒤졌는데 없다. 나는 하운이 옆에 앉아 머리를 감싸안고 한참 엎드려 있었다. 하지만 아무리 생각해도 기저귀를 사러 나가지 않을 방도가 없다. 엄마, 아빠는 저녁 늦게나 들어온다. 그 전까지 기저귀 다섯 장은 더 필요할 것이다. 티브이에서 눈을 떼지 않으려는 하운이를 눕히고 마지막 남은 기저귀를 갈았다. 버둥거리는 아이 때문에 손길이 거칠어졌다. 가만히 좀 있어! 허벅지를 딱 때리니 금세 아이의 눈가가 빨개지며 입술이 실룩실룩한다. 그러거나 말거나 기저귀를 채우고 바지를 입혔다. 아이는 내 눈치를 슬쩍 보다 울기를 포기하고 다시 티브이로 눈을 돌렸다.

캡 모자를 쓰고 후드 티의 후드도 뒤집어썼다. 단지 내의 편의점에는 기저귀를 팔지 않아 두 블록 떨어진 큰 마트까지 가야 한다. 하운이에게 대충 옷을 입혀 유모차에 앉히려 했으나 앉지 않겠다고 울고불고 난리가 났다. 엉덩이를 몇 대 때려 봐도 막무가내다. 할 수 없이 포대기를 가지고 와 아이를 업었다.

오늘 일진이 최악이다. 빠른 걸음으로 아파트 단지를 빠져나왔다. 하운이가 등 뒤에서 내려 달라고 다리를 흔들어 대는 통에 힘이 두 배나 든다. 기저귀 한 팩을 사 엄마 카드로 계산한 뒤 신호등 앞에 서 있는데 나와 또래로 보이는 여자아이 한 무리가 옆에 선다. 다들 세포분열이라도 했는지 똑같이 짧은 치마를 입고 얼굴은 새하얗고 입술은 새빨갛다. 진한 향수 냄새가 바람에 실려 포자처럼 사방으로 퍼졌다. 쉴새없이 빠르게 속닥거리며 움직이는 입술들. 나도 모르게 넋을 놓고 그 아이들의 입술을 바라보았다. 비밀스러운 동굴의 입구처럼 입안의 검은 암흑이 보이다 사라지다 한다. 내가 공유할 수 없는 이야기들이 날숨에 실려 공기 중으로 사라진다. 하운이가 다시 나를 발로 툭 찼고 나는 깜짝 놀라 기저귀를 떨어뜨렸다. 기저귀를 줍고 고개를 들어 보니 그들은 어느새 바람에 떠밀려 무게가 없는 것처럼 가볍게, 저 멀리 걸어가고 있었다.

누구도 마주치고 싶지 않아 집까지 고개를 한 번도 들지 않았다. 텅 빈 엘리베이터를 보고 안도하며 문을 닫는데 중년의 여자가 뛰어 들어왔다. 여자는 버튼을 누르고 벽의 거울로 나를 흘긋거린다. 하운이가 여자를 향해 배시시 웃는다. 아이를 몇 번 어르다가 여자가 묻는다.

"동생이야?"

"네."

"몇 살 차이야?"

"……열여섯 살이요."

"엄마가 좋으시면서도 힘드시겠다. 늦둥이 키우는 게 보통 일이 아닌데……."

엘리베이터가 열린다. 여자의 시선은 엘리베이터 문이 닫힐 때까지 집요하게 등 뒤로 따라온다. 허리와 팔이 끊어질 것 같다. 집에 도착해 하운이를 내려놓고 다시 티브이를 틀었다. 팔과 허리에 파스를 붙이고 엄마가 만들어 둔 이유식을 해동해 점심으로 먹였다. 한숨을 쉬는 내 입에 아이가 손을 대더니 바람이 닿자 까르르 웃었다. 힘없이 따라 웃었지만 힘이 나진 않았다.

뽀로로에 질렸는지 아이가 집 안을 어정거리며 돌아다니기 시작했다. 백일만 지나면 키울 만하다고 한 사람이 누구였는지 신고하고 싶다. 18개월 하운이는 한번 지나간 자리마다 토네이도가 따로 없다. 책장의 책들도, 옷장의 옷들도, 신발장의 신발들도 하운이의 손이 닿으면 차 사고를 당한 것처럼 처참하게 엉망이 된다. 엄마는 계속 따라다니며 그러면 안 되는 거라고 자꾸 말해 주면 아이가 언젠가 말을 알아들을 거라는데 그런 날이 올 거라 믿기지 않는다. 아이가 울거나 떼쓰며 뒤집어져 난리라도 치면 나는 당해 낼 도리가 없어 같이 울어 버리고 만다.

잠시 화장실에 다녀오는 사이 하운이가 대형 사고를 쳤다. 그 사이에 똥을 싸서 기저귀를 빼 버리고 질질 끌고 다닌 거다. 어떻게 한 건지 아이 손과 몸에는 물론 이불과 벽, 바닥까지 똥이 다 묻고 집 안은 똥 냄새로 가득 찼다. 나는 어금니를 꽉 깨물고 아이를 일단 화장실에 가둔 후 물티슈와 스프레이형 세정제를 가져와 벽과 바닥을 닦았다. 아이가 빽빽 울고 있다. 화장실로 이불을 들고 가 샤워기로 훑어 내고 세제를 풀어 미지근한 물에 담근 후 아이를 씻겼다. 아이가 우는 소리에 귀가 다 멍멍했다. 새 옷을 입혀 뻥튀기를 손에 쥐어 주고 티브이를 틀었다. '꼬마버스 타요'를 틀어 주자 아이가 다시 집중하기 시작했다.

부엌으로 돌아와 차가운 시금치국에 밥을 대충 말아 들고 식탁에 앉았다. 빈속에 마트도 다녀오고 똥 기저귀 뒤치닥거리까지 해서인지 심하게 허기가 졌다. 몇 수저 뜨지도 않았는데 하운이가 무릎으로 기어 올라왔다. "안아, 안아." "이따가." 자꾸 치대는 아이를 몇 번이고 내려놓다 아이의 팔꿈치에 걸려 그릇이 떨어져 산산조각 났다. 한동안 망연하게 아이를 안은 채 엉망이 된 부엌 바닥을 바라보고만 있었다. 하운이의 울음소리에 정신이 들어 깨진 그릇 사이로 조심히 발을 디뎌 아이를 다른 곳으로 옮기고 바닥을 치웠다. 밥과 국과 깨진 그릇으로 어지러워진 바닥을 보니 밥맛이 뚝 떨어졌다. 이를 악물고 걸레질까지 다 하고 시간을 보니 고작 오후 2시밖에 되지 않았다. 나는 죽음보다 깊은 절망감을 느꼈다. 소파에 앉아 좀 쉬려는데 하운이가 다가와 또 손을 잡아끈다. 나도 모르게 소리를 빽 질렀다.

"또 뭐?!"

"찍찌이 찍지!"

하운이가 흰둥이를 가리키며 내 손을 잡아 당긴다. 할 수 없이 일어나 다가가 보니 장난감 자동차 바퀴가 케이지 안에 빠져 있다. 흰둥이는 톱밥 아래 들어가 있는지 보이지 않는다. 문을 열고 바퀴를 집으려는데 작아서 톱밥 속으로 자꾸 빠진다. 톱밥을 이리저리 쑤시다 바퀴가 손에 걸려 꺼내려는 순간 갑자기 흰둥이가 튀어나와 손가락을 사정없이 물었다. 소리를 지르며 손을 마구 흔드는데도 얼마나 세게 문 건지 손가락 끝에 대롱대롱 매달려 있다.

순간 귀 안에서 뭔가가 펑 터지는 소리를 들은 것 같다.

찍찍거리는 흰둥이를 그대로 꼭 쥐고 미친 사람처럼 부엌으로 뛰어 들어가 서랍을 뒤졌다. 내 손을 물고 할퀴는데 아픔이 하나도 느껴지지 않았다. 닥치는 대로 서랍에서 꺼내 마구 내동 댕이를 쳤다. 뭘 찾고 있는지 나도 잘 모르겠다. 수세미, 위생 장갑, 빨대, 나무젓가락, 행주…… 서랍 안에 칼이 있었다면 아마 칼로 흰둥이를 마구 난자했을지도 모른다. 다행히 그 안에 칼은 없었다. 작은 노란 비닐 봉지를 발견하고 그 안에 흰둥이를 처넣고 입구를 아주 세게 여러 번 묶었다. 흰둥이는 비닐 안에서 발버둥을 치며 숨이 넘어가도록 찍찍댔다. 내 입에서 내게서 나오는 소리 같지 않은, 거친 숨소리가 흘러나왔다. 땀이 줄줄 흐르고 손은 경련이 일어난 것처럼 떨리고 있었다. 그대로 냉동실 문을 열고 봉지를 던져 넣었다. 하운이가 내 다리를 붙잡고 집이 떠나가라 엉엉 울고 있었다. 다리를 마구 흔들어 아이를 떼어 내고 안방으로 들어가 문을 잠그고 짐승처럼 소리 내어 울었다.

깜빡 잠이 들었나 보다. 일어나 보니 창밖이 어둑어둑하다. 거실은 폭탄 맞은 모습이고 하운이는 부엌 바닥에 엎드린 채 잠들어 있다. 아이의 얼굴은 눈물과 침 자국으로 엉망이다. 아이의 머리맡에 무릎을 꿇고 가만히 아이의 얼굴을 내려다보았다. 운 없는 아이, 그 많은 준비된 엄마들 다 놔두고 하필 나에게 와서. 하지만 손을 뻗어 아이를 만지거나 안지 못한다. 그 애보다 더 불쌍한 건 나니까.

하운이를 가졌을 때는 고작 중3이었다. 애 아빠는 옆 학교 남자애였는데 이제는 얼굴도 이름도 까마득하다. 7개월이 넘어가도록 나는 임신인 줄을 몰랐다. 배가 자꾸 나와 살이 찌는 줄로만 알았다. 생리는 원래 불규칙했고 입덧도 없었다. 배가 너무 딴딴하고 둥그렇게 커져서 뭔가 이상하다 싶었을 때는 이미 중절 수술을 받기에 늦은 주수였고, 정 원하면 아이를 사산시켜 유도 분만으로 낳아야 한다고 했다. 낙엽이 다 떨어져 휑한 길거리에서 엄마는 내 손을 붙잡고 지나가는 사람들이 다 쳐다보도록 소리 내어 울었다. 나는 그때 엄마의 울음소리가 너무 커서 사람들이 우리를 쳐다보는 것이 창피했다. 우리는 결국 연고가 없는 먼 곳으로 이사를 왔고 엄마는 나를 집 밖에 한 발자국도 못 나가게 했다. 엄마도 나가지 않았다.

중3 겨울방학, 모두 잠든 늦은 밤 집에서 한참 떨어진 산부인과에 가 제왕절개로 하운이를 낳았다. 엄마는 하운이를 엄마의 아들, 즉 내 동생으로 호적에 올렸다. 엄마가 시키는 대로 이사

전 중학교 친구들 모두와 연락을 끊었다. 어차피 딱히 연락을 주고받을 만큼 가까운 친구가 있는 것도 아니었다. 엄마는 나를 대신해 하운이의 엄마가 되었다. 늦은 밤 깨서 분유를 먹이는 것도, 기저귀를 갈아 주는 것도, 씻기는 것도 다 엄마가 했다. 하지만 하운이가 돌이 됐을 무렵, 아빠의 이직으로 월급이 많이 줄어든 데다 하운이 양육비까지 더해 가계 부담이 커지자 엄마가 맞벌이를 시작했다. 하교 후 하운이를 어린이집에서 데려와 먹이고 씻기는 것도, 엄마가 일하는 토요일 내내 하운이를 보는 것도 내 몫이 되었다.

아이를 키우는 것은 생각보다 백배 천배는 더 어렵고 인내심을 요구하는 일이었다. 어쩜 그토록 감쪽같이 모를 수가 있었을까. 이렇게 힘든 일을 어떻게 여자 어른들은 아무렇지도 않게 해내는 것일까. 나는 오랫동안 어린아이를 데리고 지나가는 여자 어른들을 유심히 관찰하곤 했다. 그들을 볼 때마다 불 꺼진 집이 떠올랐다. 우유 냄새와 아이의 땀 냄새, 축축하고 더운 습기 같은 것들로 가득 차 있는 어둡고 폐쇄적인, 구석진 방들. 가 보기 전엔 절대 알 수 없는, 세상의 눈에 띄지 않는 모퉁이 같은 장소들. 아이를 키운다는 것은 아이와 단둘이 그리로 몸을 완전히 구겨 넣는 일 같은 거였다. 그 안에서 엄마들은 아무도 모르게 늙어 가고 아이들은 자란다.

그날 오후 이후로 나는 냉장고 근처에 갈 수 없었다. 냉장고를 볼 때마다 가슴에 얹힌 무거운 돌처럼 그날 오후의 내 것 같지 않던 숨소리와 손바닥 안에서 몸을 비틀던 햄스터의 감촉, 하운이의 울음소리가 떠올랐다. 노란 비닐을 꺼내 처리할 엄두는 더더욱 나지 않았다

점심을 먹고 눈을 좀 붙이려고 엎드려 있는데 앞자리의 보라와 수영이 목소리에 시끄러워 잠을 잘 수 없다. 아이스크림을 누가 사오냐는 시시껄렁한 이야기로 십 분 넘도록 웃고 떠들고 비명 지르고 난리도 아니다. 잠자기를 포기하고 이를 닦기 위해 가방에서 치약을 찾는데 보라가 나를 툭 치더니 아이스크림 먹겠느냐고 묻는다. 말없이 고개를 흔들고 화장실로 향하는데 쓸데없이 왜 물어봐서 무안을 당하냐는 수영의 목소리가 목덜미에 달라붙는다.

칫솔을 입에 문 거울 속의 나는 무표정하다. 어젯밤 하운이가 여러 번 깨서 잠을 설쳤더니 다크서클이 턱까지 내려왔다. 거울 속에서 이를 닦고 있는 그녀의 나이가 몇인지 사람들은 쉽게 추측하기 어려울 것이다. 마른 우물처럼 어둡고 텅 빈 눈

동자와 푸석한 피부, 손톱 자국이 흉터로 남은 뺨, 아래로 처진 입꼬리와 생기를 잃은 입술. 교복을 입지 않았다면 아무도 이 얼굴을 십 대라고 생각하지 않을 거다. 전교생 중 그 누구도 나 같은 얼굴을 한 아이가 없다. 모두들 작은 새처럼 지저귀고, 고양이 발바닥을 가진 것처럼 한없이 가볍다. 그들과 나 사이에 존재하는 좁고 깊은 틈. 비밀. 이것은 손바닥의 땀으로 촉촉해진 작고 흰 쪽지처럼 사랑스러운 여고생의 비밀이 결코 아니다. 내 존재의 모든 마디마디에 뿌리박힌 집요하고 거대한 추문. 결코 그들 속에 섞일 수 없음을 안다. 교실 속의 풍경은 내게 현실감을 주지 않는다. 내 진짜 자리는 이곳이 아님을 안다.

'김하연' 하고 이름을 불러 본다. 내 입 밖을 빠져나간 세 음절은 거울 속의 그녀에게 가 닿지 못하고 그녀는 이름을 잃은 채 텅 빈 눈동자를 하고 거울 밖의 나를 바라본다. 점심시간 종료를 알리는 종이 쳤다.

5교시는 성교육 시간이었다. 보통 성교육 시간에는 교실을 어둡게 하고 동영상이나 슬라이드를 틀어 줘서 대부분 자곤 했는데 이번 강사는 쓸데없이 의욕적이다. 여섯 명씩 모둠을 만들어 토론을 하란다. 책상과 의자를 토론 대형으로 만들어 다른 아이들과 얼굴을 마주 보고 있자니 어색하고 고역이다. 강사는

PPT를 띄우고 종이를 나눠 준다. '실제적 성관계와 피임'이란 주제가 화면에 뜨자 반 아이들이 소리를 지르고 아우성이다. 나눠 준 종이에는 성관계, 피임 방법, 성희롱 대처 방안 등의 기본 상식에 관련된 질문이 적혀 있었다. 작은 콘돔도 하나씩 받았다. 수영처럼 징그럽다고 만지지도 않는 애가 있는가 하면 민기처럼 뜯어서 풍선을 부는 미친놈도 있다. 교실은 전쟁 중의 동물원처럼 시끄럽다.

"같은 모듬 학생들끼리 일단 나눠 준 종이에 있는 질문들을 서로 이야기해 보고 완성해서 한 조씩 발표해 보도록 할게요. 십 분 정도 시간을 줄 테니 질문지를 함께 채워 보세요."

"빨리 해치우자."

보라가 의욕적으로 볼펜을 꺼내며 의자를 당겨 앉았다.

"1번, 원치 않는데 이성 친구가 성관계를 요구한다면 어떻게 대응하겠는가. 한 명씩 대답해서 적으면 되겠네. 나부터 얘기할게. 죽빵을 날린다."

아이들이 까르르 웃어 댔다. 나는 웃을 수가 없어 그냥 가만히 질문지만 들여다봤다.

"엄마한테 이른다."

"헤어지자고 한다."

"그냥 함 준다. 당연한 거 아냐?"

"야, 뭐래, 미친 거야?"

민기의 대답에 아이들이 와르르 웃고 야단이다. 내 차례인지 아이들이 모두 나를 쳐다본다.

"……싫다고 한다."

나는 간신히 대답했다. 수영은 별 영양 가치도 없는 대답들을 열심히 받아 적는다. 피임 방법을 아는지, 성희롱에 어떻게 대처해야 하는지 아이들은 돌아가며 대답했다.

"다음 질문, 만약 나 혹은 내 여자친구가 임신을 하면 어떻게 대처할 것인지."

"헐, 질문이 뭐 그래? 내 대답은 자살한다."

"너무 심하다, 왜 자살을 해?"

"몰라, 근데 그냥 자살하고 싶을 것 같아. 그걸 엄마한테 말할 수도 없고 돈도 없고…… 완전 노답이다."

"나는 둘이 돈 모아서 낙태한다."

"나도."

"나도."

내 차례에서 '나도'라고 잽싸게 대답했다. 목소리가 갈라져서 나왔다.

"야, 근데 몇 년 전에 역 화장실에서 애기 낳아서 죽인 거, 그거 ○○여고 애다. 알어? 걔 완전 진짜 임신인 줄 모르고 애 낳았대. 말이 되냐? 어쩜 그렇게 모를 수가 있지?"

모를 수도 있어, 라고 대답할 뻔하다 말을 삼켰다. 아이들은 학교의 누가 누구랑 잤고 누가 뭐까지 했다는 등의 이야기를 아주 집중해서 속닥거렸다. 그런데 아이들의 목소리가 갑자기 아득히 낮아지더니 그 낮은 목소리들이 쥐가 찍찍대는 소리처럼 들리기 시작했다. 순식간에 내 손바닥에서 몸부림치던 흰둥이의 감촉이 떠오르며 나의 두근거리는 심장 소리가 귓가에 크게 울렸다. 책상 모서리를 단단히 잡고 심호흡을 했다. 눈을 떠보니 보라가 내 팔을 잡아 흔들고 있었다.

"너 괜찮아? 갑자기 왜 이렇게 창백해?"

온몸이 땀범벅이다. 축축한 등이 식으며 소름이 돋는다. 책상 모서리를 잡고 있는 손이 파들파들 떨리고 있다. 나는 눈을 다시 감고 고개를 끄덕였다.

"얘 땀 나는 거 봐. 아픈가 본데, 샘한테 말할까?"

(찍 찍찍찍 찍 찍. 찍찍찍 찍찍, 찍찍찍 찍찍찍?)

"괜찮다잖아, 그냥 놔둬."

(찍찍찍찍찍, 찍찍 찍찍.)

아이들의 말소리 뒤로 집요하게 쥐 소리가 들렸다. 정확하게 말하자면 아이들의 모든 목소리에 쥐 소리가 베이스처럼 깔렸다. 소리는 처음엔 작았지만 내가 알아들을수록 점점 커졌다. 자꾸 소름이 돋고 아랫니가 내 의지와 상관없이 윗니에 가 딱딱 부딪혔다. 결국 보라가 선생님을 불렀고 선생님이 보건실에 가고 싶냐고 물어 그렇다고 했다. 선생님의 목소리에도 예외는 없었다. 차가운 복도 벽을 짚어 가며 보건실로 걸어가면서 열 번은 더 주저앉았다. 간신히 도착해 보건 선생님이 어디가 불편하냐고 묻는데 귀를 물어뜯는 찍찍 소리에 눈물이 터졌다. 내가 울자 보건 선생님은 이마를 짚어 보고 진통제를 줬다. 내게 뭔가 계속 물어보는데 잘 알아들을 수가 없다. 담임에게 말해 둘 테니 얼른 가방을 챙겨 병원에 가라고 하는 것 같다. 하릴없이 고개를 끄덕이며 새하얀 진통제를 삼켰다.

복도 계단을 따라 아래로 아래로 내려갔다. 계단은 끝이 없었고 내려가면 내려갈수록 점점 더 추워지고 어두워졌다. 우리 학교에 계단이 이렇게 많았나. 얼마나 내려왔는지 얼마나 더 내려가야 하는지 기약이 없었지만 걸음을 멈출 수 없었다. 그렇게 한참을 더 걸어 내려갔는데 우리 집 현관 앞이었다. 문을 열자 모든 것이 얼어붙어 있었다. 갑작스레 빙하기를 맞은 것처럼 엄마도 아빠도 하운이도 꽁꽁 얼어붙은 채 멈춰 있었다. 나는 울며 그들을 깨우려고, 녹여 보려고 애를 썼지만 잠시 후 그리스 신화의 다프네처럼 나 역시 발부터 시작해 얼음 기둥으로 굳어 가고 있음을 깨달았다. 우리는 그 어떤 구원의 여지도 없이, 이 세계에서 가장 깊고 어두운 지하에 차가운 얼음으로 영원히 갇혀 버렸다. 눈물이 흘렀으나 이내 얼음이 되어 더 차갑게 얼굴을 얼렸다. 굳어 가는 얼음의 막 안쪽에서 마지막 밭은 숨을 내쉬며 내겐 천국도 지옥도 다음 생도 없음을 깨달았다.

"하연아, 하연아!"

나를 흔드는 보건 선생님의 손길에 눈을 떴다. 침대가 흠뻑 젖을 만큼 땀을 흘렸고 오한이 들어 손의 떨림이 멈추지 않았다. 보건 선생님이 직접 조퇴를 도와줬다. 어지럽고 메스껍고 무엇보다 너무 추웠다. 집으로 돌아와 이불을 뒤집어쓰자마자 전원이 꺼진 것처럼 정신을 잃었다.


금요일 밤의 거리는 더럽고 시끄럽고 불쾌한 열기로 가득 차 있다. 바닥에 어지럽게 깔린 전단지와 아무의 옷이나 붙잡고 늘어지는 호객꾼들, 엉덩이 밑살이 다 보일 정도로 짧은 치마를 입은 여자들, 아무 데나 가래침을 뱉는 남자들. 여기저기서 어깨를 부딪히며 치이다 맥도날드로 들어와 구석 자리에 간신히 앉았다. 휴대폰을 보니 고작 10시가 조금 넘었을 뿐이다. 약국에서 사 먹은 진통제가 듣는지 다행히 오한은 많이 가라앉았다.

하운이와 집에 돌아온 엄마는 화가 많이 나 있었다. 6시에 하운이를 하원시켜야 하는데 내가 잠들어 버려 못 갔고 어린이집에서 온 전화도 받지 못했다. 하운이 담임 선생님은 엄마에게 전화했지만 근무 중 휴대폰을 확인 못하기에, 7시 넘어 끝나고 나서야 연락이 닿았다. 8시 무렵에야 도착한 엄마가 하운이를 하원시킬 수 있었고 그러는 동안 엄마는 내 휴대폰에 전화를 백 통쯤 했다. '애가 불도 꺼지고 보일러도 멈춘 썰렁한 방에서 혼자 티브이를 보고 있더라.' 엄마가 속상해하며 한 이야기다. 아프더라도 문자라도 한 통 보내고 자야지, 애 생각을 그렇게 안 할 수 있냐고, 아무리 어리다지만 그래도 자식한테 애정이 그리도 없냐고. 내 자식 아니고 엄마 자식이야, 라고 대답하자 엄마는 나를 쏘아보더니 부엌으로 나갔다.

"그러게 누가 쟤를 낳고 싶대?"

엄마의 등에 대고 이 말을 던지자마자 엄마는 내게 돌아와 세차게 내 뺨을 때렸다. 엄마는 씩씩거리며 짐승도 너보다 낫다고 부끄러운 줄 알라고 말했다.

"쟤는 자기가 태어나고 싶어서 태어났어? 내 인생도 쟤 인생도 이게 정상이야? 엄마가 뭔데 이 따위로 결정해서 다 불행하게 만들어? 왜 낙태를 안 해 줬어? 왜?"

발악을 하는 내 곁으로 하운이가 울음을 터뜨리며 다가왔다. 아이를 밀치고 휴대폰과 코트만 들고 집을 뛰쳐나왔다. 내가 나가는 동안 엄마는 꿈에서 본 얼음 동상처럼 미동도 없이 서 있었다. 집을 나와 큰길까지 따라붙는 아이 울음소리에서 멀어지기 위해 뛰고 또 뛰었다.

휴지통을 비우는 알바가 자꾸 눈치를 줄 무렵 휴대폰의 연락처 목록을 훑기 시작했다.

학교 밖에서 만난 아이들은 의외로 내게 다정했다. 이미 술이 조금 올라서 그랬을지도 모른다. 허름한 술집의 2층으로 가는 계단은 1층에선 찾을 수 없었다. 입구 반대편 주차장 쪽으로 나가서 주인이 안내하는 계단으로만 들어갈 수 있다. 평소보다 화장을 진하게 한 여자애들 사이에서 낯익은 얼굴들을 발견했을 때 생각보다 훨씬 반가워 나는 놀랐다. 소주와 골뱅이 무침, 파전, 팝콘, 라면 등이 테이블 위에 한가득 차려져 있고 내가 앉자마자 아이들은 술부터 권했다. 어디서 주워들었는지 '후래자삼배'라며 세 잔을 연속으로 마시게 했다. 빈속에 소주 세 잔을 연속으로 마시니 바로 욕지기가 올라왔지만 안주를 입에 쑤셔 넣으며 가라앉혔다. 일전에 과제를 같이 하느라 번호를 알게 된 보라에게 연락했는데 자기 생일이라 친구들과 같이 있다며 이 자리로 불렀다. 보라와 늘 같이 다니는 수영이가 있었고 이야기를 한 번도 해 본 적이 없는 우리 반 애들, 다른 반 애들도 있었다.

천장이 낮고 전구가 침침한 그 술집은 기묘한 흥분의 열기가 공기 중의 바이러스처럼 떠다녔다. 우리는 머리를 맞대고 별거 아닌 이야기를 숨죽여 속닥거렸다. 옆자리에 앉은 아이의 더운 숨이 내 뺨을 덥혔고 그래서인지 내 뺨은 자꾸 달아올랐다. 밤이 깊어 갈수록 더욱 가슴은 두근거렸다. 우리는 옆 테이블 남자애들이랑 합석해 게임을 하고 놀았다. 술이 술술 들어갔고 나는 이 밤이 끝나지 않기를 바랐다.

아이들은 너무나 잘 웃고 또 잘 웃는다. 우리는 서로 아는 게임을 모조리 생각해 내 연이어 열 개가 넘는 게임을 하며 술을 진탕 마셨다. 내가 져도 네가 마시고 네가 져도 내가 마셨다. 보라가 선물 받은 즉석 카메라로 벌칙 받는 사진, 굴욕 사진도 마구 찍었다. 처음에는 주어와 동사가 분명한 멀쩡한 문장들로 이야기하다 점차 욕과 의성어, 의태어가 난무하고 나중에는 웃음소리에 섞여 서로의 말을 알아들을 수 없음에도 계속 원숭이들처럼 각자 끽끽거렸다. 옆자리 아이가 '내가 어제…….' 이런 식으로 말만 시작해도 웃음이 터져 나왔다. 나는 처음 보는 남자아이의 팔을 붙잡고 잡아당기고 어깨를 탕탕 치며 웃어 댔다. 자꾸 울리는 휴대폰이 거슬려 어느 순간 전원도 꺼 버렸다. 술을 마시는 건 바로 이 순간을 갖기 위해서군. 알 수 없는 환희가 파도처럼 들어왔다 나가며 홍조로 물든 내 뺨을 간지럽혔다. 이 상태로라면 뭐든지 할 수 있고 어디든 갈 수 있을 것 같고 무엇이든 될 수 있을 것 같다. 내일이 되고 술이 깨면 당장 자퇴서를 내야지. 엄마를 설득해서 호주나 필리핀에 가서 살자고 해야지. 미용 기술 이민이나 IT 이민이라는 게 있다고 하니까 잘 알아보고 이곳을 떠나 새 삶을 살아야겠다. 하운이도 나도 남의 눈 의식하지 않고 당당히 살 거야. 호적 정정은 가능한 걸까. 일단 친자 확인 검사 같은 걸 하면 되겠지. 벌금이 있을지도 모르겠다. 어쨌거나 이런 암울하고 거짓된, 이중의 삶 같은 것은 내일 해가 뜨는 순간 다 버려 버릴 거야.

하지만 시간이 더 지나자 아이들은 갑자기 하나 둘 침울해졌다. 비눗방울처럼 경쾌하게 터지던 웃음소리가 사라지고 아이들의 숨소리가 닻처럼 무겁게 바닥으로 깔린다. 몇 명은 취기를 이기지 못하고 상 위에 엎드려 혹은 의자 위에 누워 잠들어 버렸다. 남은 아이들은 목소리를 깔고 새빨간 눈으로 이상한 고해 성사를 한다. 우리 엄마는 야쿠르트 배달을 하는데 아침에 마주치기가 너무 창피해서 일부러 삼십 분도 더 일찍 등교해. 난 아빠가 다른 여자 만나는 걸 알아. 우리 집은 망해서 가족이 다 뿔뿔이 흩어졌어. 난 고모네서 지내는데 오 분 안에 샤워를 마치지 않으면 온수를 꺼 버려. '난 아이가 있어, 두 살이야.' 몇 번이나 이 말을 꺼내려 해 봤으나 그 문장은 차마 소리가 되어 나오지 않는다. 너희들의 비밀이란 것과 나의 비밀이란 것은 애초에 레벨이 너무나도 달라. 공격력도 다르지. 심한 외로움과 동시에 피로감을 느꼈다. 영원히 아침이 밝지 않길. 이곳은 난파된 잠수함이고 우리가 해저 2만 리로 서서히 가라앉고 있음을 아무도 알지 못해. 그 누구도 다시는 뜨는 해를 볼 수 없을 거야.

그 뒤 술집을 빠져나와, 계단에서 몇 명이 넘어져 구르고, 노래방에 가고, 우르르 몰려가 편의점에서 라면을 먹고 한 시간들은 머릿속에서 기억이 뒤죽박죽이다. 어느 순간 아이들이 모두 떠나고 나와 보라만 남았다. 노래방에서부터 보라는 휴대폰만 만지작거렸다. 나도 꺼진 휴대폰의 액정을 엄지손가락으로 자꾸 쓸어 내렸다. 고개를 숙이고 있자니 심한 어지럼증이 느껴졌고 갑자기 다시 취기가 돌았다. 그러다 문득 고개를 든 보라가 나를 보더니 놀란 표정을 지었다.

"집에 안 가도 돼?"

고개를 끄덕였다. 새벽 2시가 넘어가고 있었다.

"너는?"

"어차피 집에 가도 아무도 없어."

그 말을 하며 보라는 내 팔을 꽉 잡고 마구 흔들더니 갑자기 나를 꼭 껴안았다. 지나가는 차들의 헤드라이트에 반사된 그 애의 눈빛은 생기 있게 반짝거렸다.

"나랑 같이 가자."

"어디 가는데?"

"생일인데 이대로 가기 아쉽잖아. 랜챗하는데 누가 지금 술 사 준대."

보라는 다시 휴대폰을 꺼내 한참 누군가와 메시지를 주고받더니 내 손을 잡아 끌었다.


한 사람은 시뻘건 잇몸이 이보다 컸고 다른 사람은 셔츠 단추를 세 개나 풀었다. 셔츠 깃 아래로 쇠약해 보이는 쇄골과 나

다가 만 가슴 털이 보였다. 모텔 주인아줌마 앞에서 그들은 각
각 잇몸과 가슴 털을 드러내며 자꾸 웃어 보인다.

"우리 그런 사람들 아니에요."

이 말을 무한 반복하며 잇몸과 가슴 털 이인조는 각각 오만
원씩 도합 십만 원을 현금으로 계산했다. 둘 다 스물아홉이라는
데 서른아홉 정도로 보인다. 술 마시는 내내 잇몸은 내 옆에 붙
어 앉아 왼손으로 내 오른 다리를 자꾸 쓸었다. 나보다 더 취한
보라는 가슴 털의 어깨에 기대 침을 흘리는 것처럼 웃음을 흘
렸다. 가슴 털의 손이 보라의 몸을 바쁘게 쓰다듬었다. 자꾸 술
이 들어갔다. 급격하게 몸이 무거워졌다. 술에 취한 잇몸은 자
기 휴대폰을 꺼내 사진첩 가득한 그의 아이들 사진을 보여 줬
다. 돌 무렵이 된 아기와 네댓 살 무렵의 여자아이가 그와 똑같
이 생긴 잇몸을 드러내며 웃고 있다. 무표정한 얼굴로 별 반응
을 보이지 않았음에도 목욕하는 사진, 밥 먹는 사진, 티브이 보
는 사진, 딸아이가 춤추는 동영상 등을 자꾸 보여 줬다. 나는 하
운이 사진을 들이대며 내 아들이라 말하고 그의 표정을 보고
싶은 충동이 들었지만 생각해 보니 내 휴대폰에는 하운이 사진
이 한 장도 없다.

눈이 게게 풀린 보라를 부축해, 이 모텔로 들어올 때만 해도

앞으로 다가올 상황에 대해 아무런 감흥이 없었다. 아까부터 내 손을 꼭 잡고 있던 잇몸의 손이 축축해서 얼른 손을 빼고 싶은 마음만 굴뚝같았다.

방은 작고 더럽고 추웠고 해부실처럼 밝았다. 형광등의 흰 빛은 이불의 얼룩과 벽의 곰팡이, 장판의 묵은 때를 가감 없이 새하얗게 비춰 풍경을 약간 비현실적으로 보이게 했다. 잇몸은 잘 닫히지 않는 화장실의 문을 억지로 잡아당겨 닫고는 샤워를 하기 시작했고 나는 침대에 누워 작열하는 전등을 바라보며 그대로 어딘가로 떠내려가는 상상에 사로잡혔다. 잠시 후 발이 간지러워 몸을 일으키니 잇몸이 내 양말을 벗기고 발을 붙잡고 입 맞추며 핥고 있는 것이 눈에 들어왔다. 방 안 가득 치약 냄새가 진동했다.

"너 처녀지?"

발에서부터 소름이 순식간에 전신으로 번졌다. 내 발가락 사이로 그의 붉고 긴 혀가 바쁘게 움직이는 것이 눈에 들어왔다. 나를 흘긋거리는 그의 눈동자가 새까맣게 빛났다. 몸을 움직일 수 없었다. 그의 호흡이 가빠지며 숨소리에 찍찍 소리가 섞여 들리기 시작했다. 그 소리는 점점 그의 만족한 듯한 콧소리에 맞춰 집요하게 이어졌다. 이상한 마찰감. 바스락거리는 샛노란 비닐봉지 안에 이번엔 내가 갇힌 것만 같다. 있는 힘을 다해 발로 그의 얼굴을 걷어찼다. 코를 부여잡고 그가 몸을 둥글게 말고 있는 사이 양말과 신발을 잡히는 대로 들고 뛰어나오려다 머리채를 붙잡혔다.

"곱게 놀자?"

잇몸은 내 머리채를 단단히 휘감은 채 내 몸을 벽으로 밀며 다른 한 손으로 코트의 단추를 잡아 뜯었다. 몸을 좌우로 틀며 빠져나가기 위해 안간힘을 썼다. 축축한 그의 손바닥이 윗도리 속으로 기어 올라왔다. 공포와 수치심이 거대한 해일이 되어 밀려왔다. 들고 있던 신발의 굽으로 있는 힘을 다해 그의 얼굴을 여러 차례 가격했고, 그가 주춤하는 사이 문을 열고 뛰쳐나왔다. 어두운 복도는 미로 같았고 한번 갇히면 다시는 빠져나올 수 없을 것처럼 불길해 보였다. 나는 보라가 들어간 방의 문을 마구 두드렸다.

"보라야! 보라야! 나와!"

잇몸이 따라와 나를 잡으려고 하길래 미친 사람처럼 소리를 질렀다.

"도와주세요! 개새끼야, 나 건드리면 경찰 부를 거야! 우리 미성년자야! 보라야!"

있는 대로 악을 쓰자 다른 방문이 몇 개 열리고 이윽고 모텔 주인이 뛰어 올라왔다. 주인을 보고 잇몸은 방으로 도망갔다.

"재수가 없으려니까. 아, 진짜. 여기 여자애 하나 들어갔지? 얼른 나와!"

주인이 문 앞에서 소리치자 잠시 후 문이 슥 열리더니 헝겊 뭉치처럼 매가리 없는 보라가 풀썩 바깥으로 밀쳐졌다. 연이어 보라의 코트와 신발, 가방이 던져지고 문이 닫혔다. 그대로 보라 손을 잡고 비상구를 찾아 계단을 거의 굴러 내려왔다. 잇몸이 또 쫓아올 것만 같아 속도를 늦추지 않고 골목으로 내달렸다. 쥐 소리는 계속해서 나를 따라왔다.

"하연아, 잠깐 잠깐."

보라는 길 한복판에 몸을 기역자로 꺾고 웩웩거리며 속의 것을 모두 토해 냈다. 소주 냄새가 사방에 진동했다. 그걸 보다 나도 토했다. 늙은 남자가 토하고 있는 내 엉덩이를 두드리고 지나갔다. 기차가 지나간 것처럼 한바탕 경련이 끝나자 다리에 힘이 풀려 가까스로 건물 앞의 계단으로 가 주저앉았다.

해가 뜨고 있었다. 맨 얼굴을 드러낸 거리에 초췌해 보이는 사람들이 지나갔다. 하나같이 걸음걸이가 불안정했고 어깨는 축 늘어져 있다. 술이 깨며 머리가 아파 왔다. 온몸이 쑤시고 다시 오한이 들었다. 아랫니가 딱딱 부딪치는 소리를 내면서 몸 한가운데에서 지진이라도 난 것처럼 온몸이 흔들렸다.

"최악의 생일이다."

옆에 앉은 보라가 작게 중얼거렸다.

"그래도 생일 축하해."

머뭇거리다 내가 말했다. 보라는 희미하게 웃었다. 학교에서 보자며 보라가 먼저 일어섰다. 난 어디로 가야 할까. 망연히 거리를 돌아봤지만 내가 갈 수 있는 곳은 이 지구상에 딱 한군데밖에 없었다. 그곳이 아주 긴 계단을 타고 내려가야 할, 세상에서 가장 깊고 고립된 장소라 하더라도. 마른 소리를 내는 무릎을 간신히 펴고 몸을 일으켰다.


토요일 새벽의 동네는 조용했다. 광고 스티커가 덕지덕지 붙은 아파트 1층 유리문을 열고 닫기를 반복하며 서 있다 다시 나는 문턱에 주저앉는다. 휴대폰을 켜자 수많은 문자와 부재중 전화가 한꺼번에 들어온다. 마지막으로 엄마가 보낸 문자가 채 삼십 분도 안 되었다. 밤새 잠들지 못하고 나를 기다리고 있을 엄마.

하릴없이 허공을 바라보던 내 눈에 뭔가 들어온다. 문턱에서 일어나 쓰레기 하치장으로 다가간다. 쓰레기차가 지나간 직후 내놓았는지 종량제 쓰레기 한 개만 덜렁 놓여 있다. 푸른색의 반투명한 쓰레기봉투 안으로 노란 비닐이 보인다. 그날 오후의 기억이 밀물처럼 흘러든다. 홀린 사람처럼 쓰레기봉투를 잡아 뜯기 시작한다. 얼마나 매듭을 단단히 묶었는지 잘 풀리지 않는다. 곱은 손가락은 말을 잘 듣지 않는다. 손톱으로 쓰레기봉투에 구멍을 낸 후 손가락을 집어넣어 찢었다. 쓰레기가 터져 나오며 지독한 썩은 냄새도 함께 쏟아졌다.

흰둥이가 갓 태어난 새끼들을 잡아먹고 수컷을 물어 죽였을 때 나는 그곳에 있었다. 새끼를 까려고 이리저리 톱밥 안에 굴을 파는 흰둥이가 신기해 케이지를 들여다보다 손수건을 깔아줬다. 흰둥이는 그 손수건 위에서 새끼를 네 마리 낳고 한 마리 한 마리 차례차례 잡아먹었다. 그 작은 입으로 오래도록 제 새끼의 몸뚱이를 씹어 삼켰다. 나는 갑작스러운 교통사고를 목격한 것처럼 정지 상태로 그 광경에서 눈을 떼지 못했다. 네 마리를 느릿느릿 처리한 흰둥이는 곁에서 히스테릭하게 안절부절못하는 수컷의 목을 물었다. 두 마리는 엎치락뒤치락하다 흰둥이만 살아남았다. 혼자 남은 흰둥이는 조용하고 새까만 눈동자로 책망하듯 나를 바라봤다. 한동안 그 눈동자는 나를 따라다녔다. 흰둥이의 케이지를 들고 다시 집으로 돌아온 다음 날 피투성이 톱밥을 갈아 준 것도, 죽은 수컷을 처리한 것도 나다.

노란 비닐을 손에 들고 집 뒤의 공터로 향했다. 비닐은 냉동실에서 나온 지 얼마 되지 않았는지 아직도 차가웠고 흰둥이도 단단하게 얼어 있었다. 곱은 손으로 공터 가장자리 화단의 흙을 팠다. 땅도 단단하고 차가웠다. 정신 나간 사람처럼 땅을 팠다. 손톱은 찢겨 피가 흐르고 몸에선 지독한 냄새가 났다. 흙을 파내는 버석거리는 소리가 귀를 가득 채운다. 비밀에도 소리가 있다면, 이렇게 은밀하고 불쾌하게 버석거리는 소리일 것이다. 얼마나 땅을 팠나, 손톱 몇 개가 부러져 꺾이고 피와 흙이 뒤범벅되어 양손이 엉망이 되었을 무렵 가까스로 흰둥이를 묻을 만한 구덩이가 생겼다. 언 쥐의 사체를 들어 올리다 그 감촉에 소스라쳐 떨어뜨린다. 흰둥이는 구덩이에 처박힌다. 무릎을 꿇은 내 다리와 손등과 구덩이로 무언가 후드득 떨어졌다. 그 미지근한 감촉에 깜짝 놀라 손을 멈추었다. 누군가 웅크리고 앉아 소리 내어 울고 있다. 눈물과 콧물과 침을 흘리며 미안하다고 미안하다고 끝도 없이 되뇌며 울고 있는 사람은 나다.

봄이 오고 얼었던 땅이 녹으면 흰둥이도 녹을 수 있을까.

골목을 오가는 차와 사람들 발소리가 저 멀리 들린다. 어제 그 술집에 문을 열고 들어간 이후 다른 세상으로 넘어와 버린 것 같다. 이곳은 내가 예전에 알던 세상보다 더 춥고 낯설다. 그리고 영원히 겨울이 끝날 기미가 보이지 않는다. 돌아가고 싶다. 엄마가 있는 곳으로, 하운이가 잠들어 있는 방으로. 돌아가 하운이의 작은 손을 잡고 웅크리고 누워 긴 겨울잠을 자고 싶다. 그리고 겨울이 끝나면 긴 잠에서 깨어나 세상의 모든 창문을 열고 따스한 햇볕을 온몸으로 맞으며 내 아이와 눈을 마주 볼 것이다.

이
수
영

4월인데도 복도 바닥은 얼음보다 더 차가웠다. 얇은 스타킹을 통해 전해지는 한기가 온몸을 타고 올라와 얼음 동상처럼 점차 굳어 가는 느낌이랄까. 옆에 앉은 보라는 아까부터 이마를 바닥에 대고 읍소하는 대역 죄인마냥 눈물 콧물을 쏟고 있다. 우리는 이면지를 각자 하나씩 앞에 두고 곱아서 잘 펴지지 않는 손가락 사이에 모나미 볼펜을 끼운 채 교무실 복도에 몇 시간째 앉아 있는 중이다. 쉬는 시간마다 지나가는 선생님들과 아이들의 관심을 한 몸에 받았다. 국어 선생님은 뒤로 몇 발짝 물러서더니 과장된 목소리로 여, 이쁘다 카메라 좀 봐라, 해 가며 우리의 단체 사진을 찍어 갔다. 스스로가 굉장히 재치 있고 인기 있는 선생이라는 착각에 빠져 사는, 쇼맨십이 몸에 벤 원숭이 같은 인간이다.

원숭이의 수업 시간에 다른 책을 읽다 걸린 적이 있다. 매일 국어 시간에 엎드려 자서 한글을 못 읽는 줄 알았다며 읽고 있던 책을 큰 소리로 낭독해 보라고 했다. 나는 시키는 대로 했다.

"그러다가 하루 저녁은 만취되어서 할머니의 방문을 열었다. 부엌의 불빛으로 방이 환했다. 야스민은 잠들었고, 아이도 자고 있었다. 루카스는 옷을 벗고 야스민의 침대로 들어갔다. 야스민의 몸은 뜨겁게 달아올랐지만, 루카스의 몸은 얼음 같았다. 그녀는 벽으로 돌아누웠고, 그는 그녀의 등 뒤에서 야스민의 넓적다리로……."★

문단을 다 마치기도 전에 원숭이는 책을 황급히 빼앗아 들었다. 아이들이 "더 읽어! 더 읽어!" 하고 합창하자 나는 좀 더 센 걸로 골라서 읽어 주지 못한 점이 아쉬웠다. 원숭이는 책을 압수하며 아직 '이런 것'을 읽을 때가 아니라고 했다. 이런 것? 내가 읽던 책을 무슨 허접한 19금 소설 취급을 하는 게 기 막히고 불쾌했지만 책이라고는 국어책밖에 읽지 않는 사정을 잘 알기에 아무 말 않았다. 하지만 그날 밤 원숭이가 인스타에 내게서 빼앗은 책 사진과 함께 #아고타_크리스토프 #예술성과_외설성_경계 어쩌고 있는 척하며 태그를 걸어 놨길래 '선생님, 압수하신 책은 잘 읽으셨나요? 제가 19금을 너무 읽어 성욕이 넘쳐서 주체가 안 되네요. 저 좀 어떻게 해 주세요.' 하고 답글을 달았더니 번개같이 글이 사라졌다. 그 뒤로 원숭이는 나만 보면 시선을 피했다. 이 구역 도른자는 나라는 걸 확실하게 인지했겠지.

애초에 발단은 지난주 보라가 생일 선물로 받은 인스탁스 카메라에 있었다. 우리는 돈을 모아 보라의 취향을 반영하여, 키티가 그려진 분홍 범벅의 카메라를 선물했고 보라는 신이 나서 사진을 찍어 댔다. 필름팩도 넉넉하게 선물해 술자리가 끝날 때까지 아무나 카메라를 잡고 서로를 찍어 댔으니, 한 삼사십 장 정도는 찍은 것 같다. 나중에는 다 같이 취해서 콧구멍에 담배를 끼우고도 찍고, 토하는 것도 찍고, 소파 위에 널브러진 것도 찍고, 게임에 져서 벌칙으로 뽀뽀하는 것도 찍고 그랬다. 오늘 보라는 그 사진들을 우리에게 보여 주려고 학교에 가져와 수업 시간에 돌려 보다 딱 걸렸다. 수업 시간에 우리가 무엇을 하든 기본적으로 전혀 관심이 없는 선생이었는데 우리가 너무 낄낄대고 웃어서였겠지. 갑자기 주위가 조용해서 고개를 들어 보니 그 선생이 책상 옆에 서 있었다. 놀란 보라가 들고 있던 사진을 책상 서랍에 집어넣었고 선생이 그곳을 뒤지는 바람에 다른 사진들도 다 같이 걸렸다.

유래 없이 신속하게 학생주임이 교실로 달려왔고 사진에 등장한 인물들은 교무실 앞 복도로 호송되었다. 다른 반 친구들 몇은 자다 물벼락 맞은 격으로 영문도 모르고 불려 왔다가 사진들을 보고 보라에게 낮은 목소리로 욕을 퍼부었다. 우리는 교무실 복도에 나란히 무릎 꿇고 앉아 반성문을 쓰며 한 명씩 학주와 대질심문을 했다. 사진에 등장하는 술집은 어디인지, 담배는 어디에서 샀는지, 카메라는 어디서 났는지, 사진에 등장하는 남자애들은 어느 학교 애들인지. 그리고 엄마들도 다 호출됐다. 오늘 안에 뭔가 끝장을 보겠다는 식이다. 학기 초인 데다 청소년 인권조례 때문에 기강 잡기가 힘든 상태에서 우리가 아주 좋은 본보기가 된 것이다. 담배에 술에 이성 문제까지 가산되어 벌점이 많이 높은 몇몇은 강제 전학을 당할 수도 있다는 이야기가 돌았다. 이 학교는 카톨릭 재단이어서인지 있지도 않은 교풍을 잡아 가며 엄격한 처벌을 하려는 분위기가 있다. 학교장 추천 전형으로 수시를 준비하던 한 친구는 나라 잃은 사람처럼 어깨를 떨며 울었고 사과하는 보라와 눈도 마주치지 않았다. 아직 이른 아침인 데다 잠이 덜 깨서인지 모든 상황이 안개 속에서 일어나는 일처럼 비현실적으로 느껴졌다. 그 가운데 몸을 뚫고 올라오는 한기에 몇 번이고 소스라칠 뿐이다.

엄마들이 속속들이 학교로 도착하자 상황은 더욱 우스꽝스럽게 흘러갔다. 어떤 엄마는 복도에 무릎 꿇은 자기 딸을 보고 핸드백으로 머리통과 등허리를 번갈아 후려치며 곡을 뽑았고 어떤 엄마는 우리와 눈도 안 마주치고 그대로 교무실로 쌩 하니 들어가 버렸다. 얼굴도 체형도 옷차림도 달랐지만 공통적으로 교무실에 들어가자마자 용서와 관용을 빌며 애원하는 목소리가 문틈으로 새는 기름처럼 흘러나왔다. 덕분에 복도 공기가 좀 더 무겁고 탁해졌다. 엄마가 오면 잠시 후 호명되어 안으로 들어가 같이 상담인지 뭔지를 받았다. 엄마들과 친구들의 울음소리와 흐느낌이 그런 식으로 오후 내내 이어졌다.

청소 시간까지 엄마가 오지 않은 건 나와 보라뿐이었다. 보라의 엄마는 일 때문에 못 오신다고 했다. 엄마가 그러시니 네가 밖으로 나도는 거지, 학생주임은 이 사이로 고기 찌꺼기를 제거하는 듯한 소리를 내며 쯧쯧거렸다. 보라와 나는 둘이서 반성문을 쓰라고 준 종이에 필담을 쓰고 지우고 하며 시간을 죽였다. 보라의 부모님 두 분은 돈도 많고 사회적 지위도 있으니 학교가 아무리 보라를 자르고 싶다 해도 쉽진 않을 거다. 보라가 학칙 따위 뜯어먹는 개풀로 보는 것은 보라 엄마의 영향이 크다. 보라 엄마는 뭐랄까, 정말 여장부 스타일이다. 고발 시사 프로그램의 피디 같은 느낌? 다만 보라는 우리에게 너무 미안할 따름이다. 부당한 일이 생길 시 보라 엄마가 우리까지 다 구제해 줄 리는 만무하다. 자원봉사에는 취미 없으신 분이다.

5시가 되기 십 분 전쯤 엄마가 나타났다. 내가 몇 주 전에 가출한다고 학교를 며칠 빠지고 피시방에서 붙잡혀 온 전적 덕분에 일하는 식당을 며칠 쉬어 눈치가 보인다는 엄마의 말에 마음이 점점 무거워지던 참이었다. 하지만 동시에 알 게 뭐냐 싶었다. 나 따위를 낳아 개고생 하는 것도 엄마 인생의 일부인 거다.

엄마는 무릎까지 내려오는 베이지 색의 단정하고 우아한 원피스에 검은 하이힐을 신고 옅은 보라색의, 무척이나 고상한 패턴의 스카프를 두르고 첫 출근하는 여교사처럼 사뿐사뿐 복도를 걸어왔다. 전화 받고 미용실을 들렀는지 고데기를 하고 왔는지 머리카락은 구름처럼 둥실둥실 부드럽게 목덜미를 스쳤고 쌍꺼풀 진 눈을 더욱더 또렷하게 보이도록 아이라인을 그리고 골드 색상의 섀도우도 발랐다. 이 정도면 대략 전투력 90프로 이상이다. 엄마는 병 진 애들 몇에게 상냥한 미소를 날리며 내 앞으로 걸어오더니 무릎 꿇고 앉은 나를, 바로 앞에 서서 난감한 듯 잠시 쳐다봤다.

"일어나."

나는 엄마 입에서 나온 말이 무슨 소린지 해석이 되지 않아 입을 벌린 채 엄마를 쳐다봤다. 여섯 번 넘도록 지켜봐 온 순서로는 '엄마가 먼저 교무실로 들어간다—학주에게 빈다—학주가 대역죄인을 교무실로 부른다—엄마에게 온갖 욕을 들어 가며 함께 빈다—엄마가 떠난 후 상담실로 다시 끌려간다' 였다. 엄마는 나를 일으킬 권한이 없어 보였는데. 여하튼 나는 일어섰다. 다리에 쥐가 나서 시간이 꽤 걸렸다. 엄마는 내 다리를 주무르고 쓰다듬으며 다리에 감각이 회복하는 것을 도왔다. 그러면서 엄마는 보라에게 예쁘게 생겼네, 코랄색 틴트가 잘 어울리네 칭찬하고 너도 쥐 났겠다며 보라를 일으켜 세웠다. 그렇게 둘을 바로 서게 한 후 교무실로 우리를 데리고 들어갔다.

"안녕하세요오오."

엄마의 경쾌한 목소리가 교무실에 가득 울려 퍼졌다. 눈을 휘둥그레 뜨고 다가오는 학주에게 고개를 숙이고 인사하며 엄마의 전투력은 점점 풀 충전되어 가고 있었다.

"선생님, 아직 4월인데 애들을 저렇게 찬바닥에 그냥 앉게 두셨어요?"

학주가 한 대 맞은 듯한 표정으로 엄마와 나를 번갈아 쳐다봤다.

"그런 벌은 좀 자제해 주세요."

엄마는 비눗방울 터뜨리듯 환하게 웃으며 문 옆에 둔 의자 세 개를 끌어다 학주 책상 옆에 두고 우리에게 여기 앉으라고 손짓했다. 우리는 엉거주춤 앉지도 서지도 못한 채 의자 앞에서 어정거렸다. 분위기가 좋지 않음을 읽은 엄마가 문득 행동을 멈추고 학주에게 물었다.

"우리 애가 혹시 누구를 때리거나 왕따를 하거나 했나요?"

"아니요, 그게 아니고……."

"뭐 훔쳤어요?"

"아닙니다. 여기 이걸……."

학주는 우리에게 압수한 사진 한 뭉텅이를 엄마 손에 서둘러 쥐어 주었다. 엄마는 사진을 찬찬히 보더니 아까보다 더 크게 웃음을 터뜨렸다.

"어머, 뭐예요? 이것 때문이에요? 아유 선생님, 전 또 애가 무슨 폭력 사건에라도 연루된 줄 알고……."

교무실 선생님들의 모든 시선과 귀가 아닌 척하며 엄마에게 쏠린 것이 느껴졌다. 엄마는 사진을 한 장 한 장 자세히 들여다보며 혼잣말로 코멘트까지 했다.

"이건 내 가방인데?"

"심각하게 받아들이시지 않는 것 같은데, 지금 이건 개교 이래 전무할 정도로 심각한 사안입니다. 담배에, 술에, 불건전한 이성 교제에 이게 지금 학교 품위를 얼마나 깎아내리는 행동인지 좀 아셔야 할 것 같습니다……."

"아, 개교 이래 전무해요? 그치만 술, 담배야 지나가는 걸 테고…… 뽀뽀야 지들이 좋아서 하는 건데……."

학주는 아니 이 여자가, 하는 표정을 숨기지 않고 엄마의 말을 무시하고 말을 이었다.

"수영이는 작년에 교복 수선, 지각, 무단 조퇴, 무단 결석 등으로 받은 벌점들이 있어서 이번 일로 받을 벌점까지 합치면 최악의 상황이 될 수도 있어요."

"최악의 상황이요?"

"강제 전학을 당할 수가 있습니다."

일시 정지를 한 것처럼 엄마와 내가 눈을 마주 본 채 멈춰 버렸다.

"그러니까 수영이가 얼마나 반성하는 모습을 보이는지, 재발 가능성은 없는지 다 징계위원회와 상담을 통해 결정할 거고요, 집에서도 지도 편달 좀 부탁드립니다."

"선생님, 애들 이제 열여덟 살이에요. 물론 옳은 행동은 아니지만, 이게 정말 학교에서 쫓겨나야 할 만큼 부자연스러운, 큰 잘못인 건가요?"

"어머니 의견이 그러시다면 저도 뭐라 드릴 말씀은 없습니다. 저희 학교와 어머니 교육 방침이 잘 안 맞는 부분도 있는 것 같고요. 하지만 지금 이 시점에서 뭐가 중요하고 어떤 이야기를 해 주셔야 하는지 잘 생각해 보셨으면 합니다. 제가 종례가 있어서요."

학주는 로봇처럼 뻣뻣한 걸음걸이로 교무실을 빠져나갔다. 엄마는 담임을 찾아가 내가 하교해도 되는지 물어보고 보라를 교실로 보낸 후 나를 데리고 학교를 나왔다.

내 손을 잡고 걷는 엄마 손바닥에 땀이 축축하다. 정문을 나설 때까지 우리는 한마디도 하지 않았다. 정문을 나서자 엄마가 뜬금없이 물었다.

"너 술 잘 마셔? 주량이 얼마나 돼?"

어이가 없기도 하고 뭐라고 말해야 할지 몰라 고개를 저었다.

"엄마가 어릴 적에 외할머니가 밭에 갖다 주라고 막걸리 심부름 시키면 가는 길에 홀짝홀짝 다 마셨다. 빈 주전자 들고 막 노래 부르면서 가서 네 할아버지한테 막 주정 부리고……. 할머니가 동네 창피해 죽겠다고 주전자로 막 때리고 그랬어."

"난 그렇게까지 진상은 아니거든."

"연애할 때도 얼마나 술을 좋아하고 잘 마셨는지 나 어떻게 해 보려고 술 같이 마시잔 남자가 내 속도 맞추다가 지가 취해 곯아떨어지고 그런 게 한두 번이 아냐."

"……."

"춘향이는 열네 살에 이몽룡 만나서 뭐 그렇고 그런 것도 다 했는데 교과서에도 나오고. 좀 불공평하다. 그지? 그래도 넌 뽀뽀하고 그런 사진은 안 찍었더라? 연애해도 동영상이랑 사진은 조심해야 돼."

"엄마."

"내가 전에 잠깐 사귄 남자가 있는데 너네 학생주임이랑 똑같이 생겼었어. 그렇게 생긴 얼굴이 속도 좁은가 봐. 데이트할 때마다 돈이 하나도 없다 그러길래 화장실 간 사이에 택시비라도 넣어 주려고 지갑을 열었거든. 근데 돈이 있는 거야. 열 받아서 화장실에서 돌아오자마자 머리에다 맥주를 부어 버렸어."

"나 학교 그만둘래."

엄마는 갑자기 말을 멈추고 내 손을 조금 더 세게 쥐고 앞만 보고 걸었다.

"학교에서 나가라고 하기 전에 내가 그냥 그만두고 싶어. 검정고시로 졸업장은 딸게."

집 근처에 다 올 때까지 엄마는 아무 말도 하지 않았다. 지우개를 몇 개 목구멍에 쑤셔 넣은 것처럼 목이 메고 가슴이 갑갑했다. 다세대 주택들이 다닥다닥 붙어 있는 골목길로 들어서자 이른 저녁 시간임에도 길가에 주차된 차들로 나란히 걸을 수가 없어 엄마의 뒤에 섰다. 엄마와 나 사이의 침묵에 자동차 소리, 아이의 울음소리, 발걸음 소리가 끼어들었다. 침묵은 조금 더 깊어졌다. 엄마의 걸음은 조금 더 빨라졌다.

센서등이 고장 난 집 앞 복도는 문을 닫아 버린 냉장고 안처럼 어둡고 서늘했다. 휴대폰의 불빛에 의지해 문을 열고 집에 들어서자 습한 기운이 확 끼치며 새로 한 밥 냄새가 났다. 엄마는 약간 멍한 표정으로 허둥허둥 신발을 벗고 바로 부엌으로 들어갔다. 저녁을 준비하는데 엄마의 휴대폰이 울린다. 방에서 엄마의 말소리는 정확하게 안 들리지만 네네, 네네, 를 반복하다 그럼 거기로 가겠다고 이야기하는 걸 보니 직업소개소 같다. 방문을 열고 나가 보니 엄마가 여기저기 전화를 하느라 정신이 없다. 어느 결혼식장의 주방 아줌마들이 사장과 문제가 생겨 저녁 예식 몇 시간 전 갑자기 다 그만둬 버리는 바람에 급하게 사람을 구한다고 한다. 금요일 저녁에 당장 일할 사람이 잘 구해질 리 없다. 엄마는 우아한 원피스를 벗고 보풀이 다 일어난 레깅스와 맨투맨 티를 입으며 아는 아줌마들에게 계속 전화를 돌렸다. 겉옷을 걸치기 위해 일어나서야 엄마는 하릴 없이 문가에 서 있는 나를 쳐다봤다.

"엄마 통화하는 거 들었지? 일하러 간다. 11시나 되어야 들어올 거야. 문단속 잘하고 있어."

신발을 신고 세팅한 머리를 손가락으로 빗질하여 질끈 묶고 나가려는 엄마를 그저 바라보고 있었다. 오늘은 엄마가 나가지 않는 줄 알았다. 같이 이야기는 하지 않더라도 저녁을 같이 먹고 그냥 같이 있으면 좋겠다고 생각했다.

"학교 그만두는 건, 좀 더 생각해 보자. 검정고시 학원비도 얼마나 드는지 한번 알아보고……. 저녁 먹어. 밥 새로 해 뒀어. 냉장고에 어묵 볶음이랑 무국이랑 해서 먹어."

"엄마, 나도 알바 하러 가면 안 돼?"

너무도 의외의 말을 들은 엄마의 눈이 둥그레졌다. 말을 뱉은 나는 더 놀랐다. 중간 사고 과정 없이 입에서 툭 튀어나온 말이었다.

"정말? 애들도 와서 가끔 일하긴 하는데 힘들 텐데……."

"집에 혼자 있기 싫어서."

엄마는 잠시 내 눈을 쳐다보다 직업 소개소에 전화해 딸과 함께 일해도 되냐고 물었다. 열여덟 살이요, 네, 알바 경험 많아요. 잘해요. 차분하게 거짓말로 내 소개를 하는 엄마의 눈짓에 얼른 옷을 입고 엄마를 따라 나섰다.


주방은 엉망진창이었다. 바닥은 밟힌 음식물 쓰레기가 가득하고 충원되지 못한 인원을 대신해 들어온 사장 부인은 오리처럼 꽥꽥 소리 지르기에 바빴다. 사장 부인은 자기를 사모라고 부르라며 자기가 주방 이모들에게 얼마나 잘해 줬는데 이렇게 뒤통수를 쳤다고, 사람이 너무 좋으면 만만하게 본다고 쉴 새 없이 분노를 표출했다. 그때마다 곰보 자국으로 얽은 얼굴에서부터 알이 굵은 반지가 끼워진 뚱뚱한 손가락 끝까지 시뻘개졌다. 자기는 관절염에 아토피성 피부염이 있다고 설거지도 못하고 무거운 것도 못 나른다고 했다. 오늘 중요한 예식이라 옷도 잘 입었는데 주방에 들어와야 해서 기가 막힐 뿐이라고도 했다. 덕분에 집에서는 그릇 몇 개도 설거지 안 하고 쌓아 두는 내가 산더미 같은 설거지를 오롯이 맡아야 했다.

홀에 나갈 음식은 어느 정도 준비된 상태였으나 세팅 등을 다 해야 했고 뜨거운 음식은 다시 한번 끓여서 내야 하고 시간은 모자랐다. 엄마는 도착해 앞치마를 입자마자 다른 아주머니 둘과 주방과 홀을 정신없이 오가며 음식을 나르고 끓여 댔다. 나르는 음식이 엄마의 상체만큼 넓은 접시이거나 양동이만 한 냄비들이어서 엄마는 좀처럼 속도를 내지 못했다. 사모는 부엌에서 잔일만 하며 빨리빨리를 외쳐 댔고, 수세미로 접시를 벅벅 닦는 내 등을 후려치고 접시를 수세미로 한 번 슥 문지르고 세제 물에 담궜다가 맹물에 담궜다 빼는 설거지 법을 시전했다. 설거지는 해도 해도 줄지 않았고 싱크대에 공간이 없어 커다란 들통에 접시며 냄비가 산처럼 쌓여만 갔다. 나는 이곳에 따라오겠다고 한 내 입을 후려치고 싶은 심정이었으나 그럴 시간조차도 없었다.

예식이 끝날 시간이 가까워지자 밀려 들어오는 접시의 수가 폭발적으로 증가하기 시작했고 사장과 사모와 매니저까지 주방으로 총동원되었다. 바닥은 흘린 음식물이 짓밟혀 미끈미끈해졌고 음식물 쓰레기 냄새가 진동을 했으며 개수대의 헹굼 물은 누군가 토해 놓은 물 같았다. 나는 거품을 머리부터 뒤집어쓴 채 속옷까지 축축하게 젖어 버렸다. 그 악취와 열기와 소리로 주방 지옥도를 4D로 재연한다면 딱 이런 풍경일 것이다.

사모가 애꿎은 내게 속도를 더 붙이라며 등짝 스매싱을 날릴 때마다 엄마를 곁눈질로 간절하게 찾았으나 종종걸음으로 무언가를 들고 나르는 엄마의 뒤통수만 열기 너머로 아득하게 일렁였다. 팔은 점점 더 무거워지고 고무장갑 안의 두 손은 썩어 가는 것이 느껴진다. 신기한 것은 의식은 몸과 분리되며 이제 한계라고 외치는 와중에 몸은 기계처럼 점차 더욱 능숙하게 일처리를 하고 있다. 마라톤 선수들이 한계점을 지나면 느낀다는 '러너스 하이'를 나는 태어나 처음 설거지를 통해 느끼고 있다. 의식은 점점 더 몸에서 멀어지며 이 상황을 관망한다. 거품 반 땀 반으로 축축한 내 몸을 떠나, 있는 대로 힘줄이 돋아난 엄마의 팔뚝과 땀으로 얼룩진 이마를 발견한다. 뜨겁고 무거운 스테인리스 냄비를 들고 몇 발자국 걷다 다시 바닥에 내려놓고 또 걷다 내려놓기를 반복하는 모습이 마치 삼보일배를 하는 승려 같다. 주방을 빠져나가자 카메라 플래시를 터뜨린 채로 정지한 것 같은 새하얗고 평면적인 공간 속에서 단정한 조류들처럼 희고 검은 정장을 입은 사람들이 우아하게 앉아 있거나 서 있거나 하며 접시의 음식을 쪼아 먹는 가운데, 엄마만이 묘하게 입체감을 가지고 있다. 레깅스의 보풀이 한 올 한 올 생생하고 맨투맨 티의 구김은 영구적으로 보이며 이마의 주름 또한 한없이 정교하다. 그들의 눈에는 엄마가 보이지 않는 것처럼, 혹은 엄마의 세계에 그들은 존재하지 않는 것처럼, 둘은 완전히 분리되어 다른 시간이 흐르고 있다. 두 세계는 페럴렐 월드처럼 영원히 마주치지 않을 것이다.

나는 이 설거지가 영원히 끝나지 않을 것만 같은 극심한 피로감과 동시에 알 수 없는 허무감을 느꼈다. 아무리 열심히 죽어라고 설거지를 해 대도 저들이 먹어 대는 이상 끝나지 않는다. 나의 의지란 아무런 의미가 없다. 이 세계는 저 세계의 종속일 뿐이다. 다시 말해 이 주방은 저 홀의 종속일 뿐이고 나와 엄마는 저들의 종속일 뿐이다. 나는 주방 아주머니의 딸로 태어나 주방 알바를 하고 주방 아주머니로 트레이닝 되어 주방 아주머니로 자라겠지. 설거지의 천재가 되겠지. '생활의 달인' 같은 곳에 출연하게 된다면 생애 최고의 영광이겠지.

갑자기 주방 한구석에서 소란이 일었다. 순식간에 집 떠난 내 정신이 되돌아온다. 사장과 사모가 쌍욕을 하며 싸우고 있다. 주방의 모든 사람들과 접시를 모아 온 서빙 알바생들도 일시정지 상태가 되어 그들을 바라본다. 다들 흥미진진한 눈빛을 감출 수 없다.

"탕수육을 돼지갈비에 붓는 돌대가리가 어디 있나?"

"둘 다 빨갛잖아, 씨발!"

사장이 음식을 보충하며 실수로 음식을 섞어 다 버리게 생겼다. 사모가 성질에 못 이겨 손에 잡히는 대로 주워 사장에게 던진다.

"탕수육이랑 돼지갈비가 제일 잘 나가는데!"

닭 뼈, 달걀 껍질과 배춧잎 등을 무차별적으로 맞은 사장이 남편이 우습냐며 사모의 어깨를 떠민다. 악에 받친 사모는 소리소리를 지르며 남편이 자기를 팬다고 경찰 부르라고 난리를 친다. 사장은 사모의 입을 틀어막다 손을 물리고 외마디 비명을 지르고 눈이 시뻘개져 사모의 머리채를 잡고 흔든다. 둘이 엉겨붙어 옷을 찢고 팔을 휘두르며 때리고 악다구니를 하다 동시에 더러운 주방의 바닥으로 내동댕이 쳐진다. 바닥을 등으로 휩쓸고 다니는 모습이 마치 고난이도 브레이크 댄스를 추는 듯하다. 나는 웃음을 참을 수가 없어 고개를 푹 숙이고 "ㅋㅋㅋㅋㅋㅋ

ㅋ"하고 있는데 어느새 옆으로 온 엄마가 내 등에 손을 얹은 채 나와 똑같이 고개를 푹 숙이고 있다. 엄마 웃음의 진동이 손을 통해 느껴진다. 우리는 나란히 서서 두 대의 휴대폰처럼 서로의 진동을 느꼈다. 매니저이자 카운터를 담당하는 사장의 큰 아들이 뛰어 들어와 두 사람을 떼어 놓고 데리고 나가는 것으로 상황을 일단락시킨 후에도 진동은 쉽게 사그라들지 않았다. 주방의 숨 막히던, 어떤 공기의 밀도 같은 것이 조금 힘이 빠져 숨쉬기가 편해졌다. 엄마는 나를 보고 씩 웃어 보이곤 다시 천형처럼 무거운 접시들을 이번에는 반대 방향으로 나르기 시작했다.

그 후 시간이 어떻게 지나갔는지 모르겠다. 처음 두 시간은 높은 계단을 오르는 것처럼 힘겹고 일분일초가 영원 같았는데 나머지 두 시간은 미끄럼틀에서 쑥 내려온 것처럼 정신없이 흘렀다. 개수대의 초록 물 속으로 손을 넣어 아무리 휘저어도 잡히는 게 없어 고개를 돌려 보니 상황은 종료되어 있었다. 고무장갑을 벗어야 하나 머뭇대는데 매니저가 들어와 홀에서 식사를 하라고 사람들을 불렀다.

홀에는 하객들이 남긴 음식이 따로 담겨진 큰 접시 몇 개가 한 테이블에 올려져 있고 엄마는 사람들이 사용할 접시를 행주로 닦고 있었다. 얼굴이 퉁퉁 부은 사장과 사모는 그 옆에 나란히 앉아 얌전히 밥을 먹고 있었다. 배는 고팠지만 아무래도 내가 설거지한 저 접시는 도저히 못 쓸 것 같았다. 엄마 곁으로 다가가 가만히 소매를 잡아당겼다.

"먹기 싫어?"

내가 고개를 끄덕이자 엄마는 행주를 내려놓고 바로 일어섰다.

"저희는 먼저 들어가 볼게요."

엄마의 목소리가 생각보다 밝고 높아 나는 잠시 움찔했다. 화장실에 다녀오고 옷을 챙기고 하는 동안 엄마는 매니저와 인사하고 봉투 두 개를 받아 왔다. 우리는 팔짱을 끼고 차가운 밤거리로 나왔다.


"아, 살 거 같다."

엄마는 입을 크게 벌리고 지구상의 모든 공기를 한 번에 들이마실 것처럼 깊게 숨을 쉬었다. 나도 따라 길고 깊게 밤공기를 들이마셨다. 시원한 공기가 가슴 가득 들어왔다. 별이 명료하게 빛나는, 맑고 서늘한 밤이었다.

"사만 원씩 팔만 원, 우리 둘이 오늘 팔만 원 벌었네."

엄마가 봉투 안을 확인하고 아이처럼 웃었다.

"이 돈으로 뭐 할 거야?"

"몰라."

"일은 할 만했어?

"그건 모르겠고, 싸움은 볼만했어."

엄마와 나는 눈을 마주치고 다시 두 대의 휴대폰처럼 몸을 떨며 웃어 댔다. 우리의 숨에서 나온 따뜻한 입김이 밤하늘에 증기처럼 퍼졌다. 엄마와 손을 잡고 공원을 가로지르며 집으로 돌아오는데 갑자기 내가 가진 모든 문제들이 별거 아니고 사소하게 느껴졌다. 탕수육과 돼지갈비가 좀 뒤섞이면 어떠냐, 머리채 잡고 싸울 것까지 있냐 싶은 그런 기분이랄까.

"떡볶이 먹고 들어가자."

"그럼 엄마는 떡볶이에 소주 한잔."

"떡볶이 집에 소주가 어디 있나?"

"포장마차."

"오…… 엄마 정보는 역시 고퀄."

엄마가 여고생처럼 까르르 웃으며 잡고 있던 내 손을 세게 꼭 쥐었다. 엄마에게서 받은 어떤 전류 같은 것이 찌르르 내 몸으로 흘러온다. 엄마는 내 눈을 잠시 바라보다 나를 꼭 안아 줬다. 내 키가 엄마보다도 큰데 아이가 된 것 같은 기분이 든다.

"수영아, 엄마는 말이지, 네가 어디에 있건 무엇을 하건 중요하지 않아."

나는 고개를 *끄덕끄덕*한 후 잠시 쉬었다가, 다시 한번 천천히 *끄덕끄덕*했다. 중요한 게 무엇인지 말하지 않아도 너무나 잘 알고 있다.

이마 위로 부드럽게 바람이 분다. 엄마랑 떡볶이 먹기 딱 좋은, 4월의 밤이다.

천현준

남자는 아버지가 실종되고 열두 번째로 만난 제보자였다. 쉬지 않고 손가락을 움직인다. 검지로 엄지 손톱을 신경질적으로 문질러 대다 엄지로 중지의 거스러미를 긁어내고 잘 안 되는지 입으로 가져갔다가 앞니로 뜯어내기도 한다. 정신 사납다. 게다가 양손을 번갈아 가며. 동작들이 묘하게 부드럽게 연결돼 다지류의 움직임을 보는 것 같다. 투박하고, 두텁고, 짧은 손가락들인데 섬세하게 움직인다. 나는 이야기 중인 남자의 입모양에 집중해 보려고 애쓰지만 잘 되지 않는다. 남자의 말소리는 손가락 사이로 미끄러진다. 최면에 걸린 것처럼, 어느새 또다시 남자의 손가락을 눈으로 좇고 있다.

"저번 주말 지나서, 그러니까 어디 보자, 18일, 그리고 20일…… 18, 20일이 맞겠네…… 학생!"

"네?"

"18일, 20일이라고."

나는 느리게 고개를 끄덕인다. 숫자가 머리에 잘 입력되지 않는다. 일주일이 채 안 지난 건가. 피시방 입구에서 남자와 나는 엉거주춤 서 있다. 닮았다. 작은 키, 타원형의 은테 돋보기 안경과 때가 탄 건지 원래 그런 색인지 분간하기 어려운 베이지 색 잠바, 반들반들하게 닳은 검은 양복바지. 저 나이 대의 남자들은 저게 교복인가. 아니, 저 나이 대의 실직자들. 색과 모양만 조금씩 다를 뿐 다들 자가복제라도 한 것처럼. 남자는 금연 표지판 바로 아래에 서서 담배에 불을 붙인다. 길게 가래침을 뽑아낸다. 제대로 된 질문을 하지 못하는 내가 답답한 눈치다. 너무나 갑작스러워서 나는 조금 시간이 필요하다.

"들어가 볼 거야?"

다시 느리게 고개를 끄덕인다. 남자가 한숨과 함께 담배 연기를 뿜는다.

"몇 살이야?"

"고 2요."

"얼마나 된 거야?"

"네?"

"아버지 사라진 지 얼마나 됐냐고."

"……14개월이요."

"하이고…… 네 엄마 속이 그냥 썩어 문드러졌겠구만."

썩어 문드러질 기간은 이제 지나갔고 아무것도 없이 텅 비고 깨끗합니다, 라고 말하려다 그만둔다. 남자가 담배를 발로 끄는 것을 보고 피시방의 문을 연다. 조용하고 서늘하다. 남자가 성큼성큼 안쪽으로 들어간다. 여기 여기, 손짓을 한다. 화장실 바로 앞자리다. 나는 가만히 서서 눈썹을 만지며 그 자리를 내려다본다. 누군가 금방 앉았던 듯 가죽 의자의 엉덩이 닿는 부분이 아직도 푹 꺼져 있다. 방금 그 자리에 앉았던 사람이 아버지였을지도 모른다. 무엇을 살펴봐야 하는지 몰라 그저 의자의 머리 부분을 잡고 돌려 본다.

"두 번 다 여기 앉았어. 화장실 갈 때 얼굴을 보게 됐는데 낯이 익어. 그런데 도무지 누군지 생각은 안 나고 해서 유심히 봤거든. 두 번째 봤을 때 또 같은 얼굴이 있길래 나도 모르게 어? 했는데 내 얼굴을 흘긋 보고 말더라고. 그래서 도대체 어디서 봤더라…… 아무리 생각해도 모르겠는 거야. 체한 것처럼 답답

해서 자꾸 생각이 났어."

남자는 짐짓 심각하게 목소리를 낮춰 내 귓가에 속삭인다. 습기가 많이 찬 말들이어서일까 귀가 축축한 기분이 들어 도리질을 하고 싶다.

남자에게서 전화가 왔을 때 나는 막 끓인 라면을 먹으려고 입을 크게 벌리고 있었다. 02로 시작되는 번호를 바라보며 기계적으로 젓가락을 내려놓고 입에 괸 침을 삼키고 전화를 받았다. 이쪽에서 여보세요, 를 두어 번 한 후에도 한동안 말이 없더니 내가 끊지 않자 천강세 씨 가족분 되십니까, 하고 물어 왔다. 동굴에서 걸려 온 전화처럼 낮고 울림이 심한 목소리였다. 남자는 자신이 아버지를 목격한 피시방의 위치와 대략의 날짜, 시간 등을 말하고 만나겠느냐고 물었다. 전화를 끊고 라면을 통째로 싱크대에 부어 버리고 곧장 이곳으로 왔다.

남자는 며칠이 지나서야 그가 알아본 얼굴이 동네 전봇대에 붙은 실종자 전단지에서 본 얼굴임을 깨달았다고 한다. 바로 연락하지 못해 미안하다고 했다. 나는 괜찮다고 했다. 우리는 카운터로 가 18일, 20일 화장실 앞 자리의 계산 내역과 CCTV 여부 등을 물었다. 나와 남자를 슥 훑어본 사장은 계산 내역은 개인 정보라 가르쳐 줄 수 없고 CCTV는 48시간 단위로 자동 포맷되어 없다고 했다. 남자는 이 학생의 아버지가 실종되어 자신이 이곳에서 보고 제보한 것이라고 구구절절 이야기했지만 사장은 어깨를 으쓱할 뿐이었다. 돌아서는 우리의 등에 대고 경찰을 데리고 오라고 하고는 혼잣말처럼 화소가 선명하지 못해서 얼굴 구분하기도 어려울 거라고도 했다. 피시방을 나오며 남자가 소시오패스 같은 새끼, 하고 중얼거렸다. 나는 아직도 이 남자의 제보를 어떻게 받아들이고 처리해야 할지 몰라 혼란스러웠다.

전단지를 마지막으로 인쇄하고 인터넷에 올린 건 두 달도 전의 일이다. 아버지가 사라지고 처음에는 삼사 일에 한 번 전단지를 돌렸고 그 뒤로 일주일에 한 번, 한 달에 한 번, 몇 달에 한 번으로 그 빈도수가 점차 줄었다. 제보랍시고 온 전화들의 빈도수도 그와 비례했다. 처음 전화가 왔을 때 수업 중이건 자던 중이건 바로 뛰어나가 제보자를 만나고 경찰에 연락을 하고 그 주변을 수색하고 난리를 쳐 댔지만 아버지는커녕 작은 흔적의 부스러기조차 발견하지 못했다. 이것이 몇 번 반복되자 엄마와 나는 쉽게 지쳤고 아버지의 실종과 관련해 일어나는 모든 일들이 비현실적으로 다가오기 시작했다. 그저 습관처럼 전단지를 붙이고 낯선 번호로 오는 전화의 수신 버튼을 누를 뿐이었다. 마지막 제보 전화가 온 건 8개월도 전이었다. 그때 아버지가(혹은 그와 비슷한 누군가) 출몰했던 지역은 부산이었다. 우리는 아버지가 원양어선을 탄 거라고, 탔을 거라고, 탄 게 틀림없다고 잠정적으로 결론을 내렸다. 그런데 이번에 아버지를 발견했다는 남자는 집에서 10킬로미터도 떨어지지 않은 이곳으로 나를 불러냈다. 아버지가 사라지고 졸지에 가장이 된 엄마는 니 아부지가 원양어선 타고 빚 다 갚고 들어오려나부다, 하고 희망적 결론을 내렸고 나도 거기에 적극적으로 동의했는데 이런 식이면 곤란하다. 아버지, 대출 받은 돈으로 피시방 가신 거예요? 아버지가 여기서 발견된다면 그냥 영원히 모르는 척해 버리고 싶다.

건물을 빠져나오니 어느새 해가 지고 있다. 건물 앞에서 남자는 다시 담배를 꺼내 문다. 전화 주셔서 감사하다는 말을 하기 위해 말을 고르는데 남자가 내일도 올 것이냐고 묻는다.

"여기서 두 번이나 봤으니까 또 올 가능성이 높잖아. 그것도 바로 저번 준데. 내가 잘 오는 데니까 눈여겨볼게. 학생도 시간날 때마다 와서 좀 살펴보고 그래."

감사하다고, 그렇게 하겠다고 웅얼거리는데 남자가 내 말을 끊었다.

"내가 담배가 똑 떨어져서 그러는데 만 원만 있으면 좀 줘 봐. 요새 담배값이 너무 비싸가지고……."

나는 주머니의 돈을 탈탈 털어 남자에게 건넸다.

다음 날 수업이 끝나고 다시 피시방에 갔다. 예의 화장실 앞자리에 남자가 앉아 있다. 내 얼굴을 보고 고개를 끄덕하길래 옆자리에 앉았다. 나는 스타II를 하고 남자는 맞고를 쳤다. 어차피 수업 끝나면 피시방 가는 게 일상이었다. 엄마에게는 남자를 만난 것에 대해 말하지 않았다. 경찰에게도 알리지 않았다. 아버지가 아직도 집 근처에서 그런 식으로 어정댔다는 것을 받아들일 수 없다. 희망도 절망도 남아 있지 않은 지금의 유예 상태를 섣부르게 다른 모드로 전환하고 싶지 않다. 각자 라면을 시켜 먹고 10시쯤 피시방을 나왔다. 남자는 다크서클이 턱까지 내려온 채 내가 왔을 때처럼 다시 고개를 끄덕해 보였다.

다음 날도, 다다음 날도 남자는 피시방 의자에 뿌리라도 박은 것처럼 갈 때마다 그 자리에 앉아 있었다. 언젠가부터 같이 스타II도 하고 맞고도 쳤다. 남자는 게임을 잘했다. 예상치 못

한 공격을 했다. 나는 늘 졌다. 남자와 라면을 시켜 먹고 게임에서 진 내가 늘 계산했다.

시간이 흐르자 그곳에서 아버지를 찾으려던 처음의 의도는 사라지고, 그저 다니던 피시방을 옮긴 것처럼 습관적으로 방과 후 시간을 때우게 되었다. 게임이 지겨워지면 「멘탈리스트」나 「셜록」 등 추리물을 다시 봤다. 남자는 옆에서 소리도 안 나는 영상을 같이 봤다. 패트릭과 셜록이 필요한 시간들이었지만 현실 속 남자와 나는 '덤 앤 더머' 쪽에 가까워 실종자 수사에는 전혀 진척이 없었다.


아버지가 사라지고 이천만 원의 대출을 받은 게 밝혀지고 했던 무렵, 엄마는 아버지와의 이혼을 준비하고 있었다. 너에겐 미안하다, 하며 눈물짓던 엄마 얼굴을 가만히 바라본 그 밤. 유난히 길던 그 밤이 지나고 또 다음 밤이 지나도록 아버지는 돌아오지 않았다. 아무런 전조도 예고도 없이 아버지는 그렇게 사라졌다. 직장에 휴직이나 사직도 하지 않았다. 대출을 받은 건 사라지기 바로 하루 전의 일이었다.

아무 일도 없었던 것처럼 돌아오기를 기다리던 첫 일주일이 지나고 드디어 경찰은 우리 집 방문을 시작으로 수사에 나섰다.

경찰이 돌아간 후 엄마는 집 안의 통장을 다 찢고 아버지 물건을 다 내던지고 옷을 갖다 버렸다. 그리고 식사를 하지 않았고 하루에도 몇 번씩 혼절했다. 엄마가 처음 혼절한 날 119를 부르고 나는 짐승처럼 울었다. 하지만 이 역시도 반복이 되자 엄마를 바로 눕히고 얼굴에 물수건을 대 주며 침착하고 평이한 대처가 가능해졌다.

엄마는 신기하게도 내가 있을 때 집 안에서, 그것도 안전한 곳에서만 혼절을 했다. 그리고 깨어나면 옷을 쥐어뜯으며 울었고 아버지 욕을 했다. 그리고 잠시 후 일어나 식사를 준비했다. 엄마의 이러한 혼절의 정반합 과정을 지켜보며 내 안에서는 색다른 관점이 형성됐다. 두 분은 서로 쇼를 하는 게 틀림없다고. 상대는 부재하지만 상대를 겨냥한 쇼다. 엄마는 아버지가 자신의 혼절로 인해 반성하고 후회하기를 바란다. 비록 보이지 않지만 아버지가 알 거라고 믿는다. 아버지의 실종 혹은 가출과 어머니의 혼절 혹은 잠시 드러눕기는 송가와 답가 같은 관련성이 있다. 둘은 여하간 연결되어 있음에 틀림없다. 엄마가 혼절의 쇼를 그만두지 않는 한 아버지는 살아 있음에 틀림없다. 그러므로 나는 너무 슬퍼할 필요는 없다. 말이 되는 건지 아닌 건지 모르겠지만 나는 그것을 믿었다. 그랬기에 아버지가 돌아오지 않앗음에도 학교에 나갈 수 있었고 식사와 간식을 챙겨 먹었으며 전단지도 부지런히 돌리고 경찰서도 잘 찾아가고 했다. 이제 엄마는 더 이상 쓰러지지 않는다. 다만 억척스럽게 일하고 나와 눈 마주치지 않는다. 엄마와 함께 집 안에 있으면 공기가 너무나 희박하게 느껴져 방과 후 나는 늘 피시방에 간다. 그리고 가끔 생각한다. 지금 아버지는 어디에 있을까.

"야, 일어나."

옆자리 재경이 내 어깨를 툭 밀치는 바람에 하마터면 바닥으로 굴러떨어질 뻔했다. 막 자다 깬 몸이 연체동물처럼 흐물흐물하다. 고개를 들다 다시 책상에 이마를 댄다. 하필이면 2교시부터 영어.

"수행평가 했냐?"

엎드린 채로 고개를 흔들었다. 미친 새끼, 하며 재경은 가방에서 프린트 한 뭉치를 꺼낸다.

"이거 해라."

일어나 프린트를 들여다봐도 뭐가 뭔지 모르겠다.

"이름만 쓰면 돼."

"뭔데?"

"여행 가서 예약 시간 바꾸는 거 시뮬레이션 다이얼로그 써 오는 거. 짜깁기 하다 몇 개 버전으로 뽑아 봤지. 민기랑 보라한 테 아침에 팔고 하나 남음. 빅맥 쏴라."

고개를 대충 끄덕이고 프린트 위에 내 이름을 적는다. 영어가 들어와 교실 한 바퀴를 돌며 교과서와 필기구 검사를 하는 동안에도 잠이 도통 깨지 않는다. 영어는 좀 변태다. 매 시간, 반의 모든 애들의 교과서와 세 가지 색 필기구가 잘 준비되어 있는지, 엎드려 있는 애는 없는지 검사하는 데에 수업 시간 전반 십 분을 할애한다. 백 프로 준비가 되기 전까지는 수업을 시작하지 않는다. 아버지가 사라진 이후 시도 때도 없이 지각과 조퇴, 결석을 반복하는 내게도 예외란 없다. 아버지의 실종이 학교에 알려지고 엎드려 자는 나를 감히 깨우는 선생이 없을 때도 영어는 내 머리를 때리며 나를 일으켰다. 한동안 학교에 오면 엎드려만 있었는데 영어 수업 때는 토론 패널로 강제 참여하고 조발표를 할 때 PPT도 제작해야 했다. '한 놈도 포기하지 않는다' 첫 시간에 칠판에 쓴 대로 영어는 정말 학기 내내 열정이 뻗쳤다. 우리 모두 두손두발 다 들었다. 영어는 나와 복도에서 마주칠 때마다 수행평가 마감일을 알려 준다.

아버지는 영어를 좋아했다. 영어를 좋아한다는 건 술을 좋아하거나 책을 좋아하는 것과 좀 차원이 다른 이상한 애정이다. 아버지는 영어의 리듬과 악센트와 글자, 심지어는 발음기호까지 영어와 관련된 모든 것을 좋아했다. 원서를 사서 손끝으로 글자들을 어루만지며 감탄했고 CNN 앵커의 입 모양을 사랑에 빠진 눈으로 하염없이 바라보기도 했다. 필기체를 열심히 연습해 뉴질랜드에 있는 농부와 펜팔을 했고, 페이스북으로 북미권 친구들을 잔뜩 만들었으며, 홀트 재단에서 주말 자원봉사를 하며 해외로 입양되는 아이들의 양부모들과 옷깃이라도 스치려고 했고, BBB(Before Babel Brigade)에 가입해 새벽마다 경찰서에서 통역 요청 전화를 받았다.

아버지는 늦은 나이에 영어 공부를 시작해 발음은 유려하지 않았지만 엄청난 노력으로 반기문 전 UN 총장과 흡사한 맛과 멋을 가진 영어를 구사할 수 있게 되었다. 그리고 내게 영어를 가르쳤다. 중학교 1학년 때부터. 아버지와 무릎을 맞대고 미드 대사를 함께 외우는 따위의 시간을 좀처럼 즐길 수 없었지만 용돈을 받으려면 어쩔 수 없었다. 덕분에 다른 과목은 바닥을 쳐도 영어는 나름 상위권이었다.

엄마는 아버지의 이런 열정이 승진이나 집안 경제에 하나도 도움이 안 된다고 무시했다. 한때 나는 아버지가 영어를 배워 어디 먼 나라로 어느 날엔가 혼자 이민을 가 버릴까 봐 두려웠다. 하지만 아버지는 여권도 없는 인물이었다. 엄마와 나 없이 새로운 곳에 가는 것도 싫어했고 고소공포증도 있었다. 아버지는 집, 회사만 오가는 지루한, 그리고 건전한 시민이었다. 아버지가 사라지고 출국 기록부터 살펴보았지만 여권을 만든 흔적조차 없었던 건 당연한 일이다. 나중에라도 아버지가 돌아오면 (만약, 만약에) 내 영어가 아직도 2등급 이상은 된다는 사실에 기뻐할까. 기뻐해도 기뻐하지 않아도 둘 다 견딜 수 없다.

오늘도 남자는 의자와 통째로 화석이 된 것처럼 그 자리에 앉아 있다. 내가 들어서자 그는 고개를 끄덕 해 보인 후 축축해진 목소리로 아침 7시부터 와 있었다고 했다. 옆자리에 앉아 게임을 시작했지만 집중이 되지 않는다. 공기는 무겁고 담배 찌든 내와 지린내가 섞여 있다. 억지로 한판을 끝내자 모든 게 더더욱 지리멸렬하게 느껴진다. 이 거진지 노숙자인지 옆자리에 앉아 있는 것 자체가 부조리하다. 아버지가 나타나든 나타나지 않든 이제 더 이상 상관없다는 생각이 든다. 아버지는 제 발로 사라졌으니 제 발로 돌아오지 않는 한 내가 찾을 길은 없다.

한숨을 쉬고 일어서려는데 남자가 같이 일어난다. 계산을 하러 카운터에 가자 뒤따라와 자기 피시방 카드도 함께 내민다. 얼결에 남자가 이용한 종일제 요금도 같이 계산한다.

남자는 담배를 입에 물고 건물 앞에서 나를 기다리고 있었다.

"라면 사 줄게."

대답을 기다리지 않고 성큼성큼 앞서 걷는 남자를 쫓아가며, 안 먹는다고 집에 가겠다고 말하려 했으나 거절을 위한 적극적 에너지를 쏟는 것마저 귀찮은 기분이 든다. 남자는 편의점에 들어가 내게 묻지도 않고 신라면 두 개와 소주 한 병을 산다. 스프를 넣고 물을 붓고 하는 동안 벌써 소주 뚜껑을 따 마시기 시작한다. 빨리 먹고 가야겠다는 생각에 익지도 않은 라면을 입에 쑤셔 넣는다. 남자는 잠자코 일어서더니 삼각 김밥과 새우깡을 사서 나온다.

"배 많이 고팠나 보네."

짐짓 다정하게 웃는 그 남자의 얼굴로 라면을 뿜고 싶다. 뭐지 이 노숙자. 내가 실은 너만 한 아들이 있었다, 오늘 술 마시고 이딴 고백 하는 건 아니겠지. 최선을 다해 라면을 욱여넣고 있지만 잘 넘어가지 않는다.

"천천히 먹어. 누가 안 뺏어 먹어."

아, 짜증 난다. 입을 틀어막고 싶다. 처 웃지 말란 말이다. 알 수 없는 적의와 악의가 뱃속에서부터 꿈틀거린다. 어금니에 힘을 주고 라면 면발을 힘주어 끊는다.

"아버지가 무슨 일을 하셨나?"

"알아서 뭐하게요."

생각한 것보다 훨씬 더 싸가지 없는 대답이 내 입에서 튀어나온다. 남자는 별다른 반응 없이 요상한 미소를 띠고 고개를 끄덕인다. 어쩌지, 오늘 이 남자를 죽여 버리고 싶다.

"아저씨, 우리 아빠 봤다는 거 거짓말이죠?"

"왜 그렇게 생각하는데?"

"아저씨가 말한 우리 아빠 특징, 전단지에 써 있는 딱 그대로여서요."

남자는 허허 웃으며 종이컵에 소주를 따른다.

"그러면 재밌어요?"

"한 잔 마셔라."

남자가 소주를 반쯤 채운 종이컵을 내 앞으로 민다. 손으로 쳐서 바닥으로 떨어뜨려 버린다. 남자는 나를 물끄러미 바라보다 비죽 웃으며 말한다.

"절망에 빠진 사람을 보는 게 좋아. 내 인생이 나은 것처럼 느껴져. 마음에 위로가 돼."

남자는 생각한 것보다 훨씬 미친놈이다.

"사라진 지 14개월이면 이제 뭐 다 됐네. 그거 알아? 희망을 완전히 잃어야 절망도 끝나는 거야. 희망이 없을 때 절망하는 게 아니고."

나는 남자 입가에 고인 흰 침을 바라보고만 있다. 기분이 너무 더럽다. 집에 가고 싶은데 왜인지 모르게 몸이 무겁다.

"왜? 왜 그런 거짓말을 해요?"

"심심하니까. 그리고 사람들이 나를 갑자기 필요로 하잖아."

남자는 소주를 한 모금 마시더니 관찰이라도 하듯 나를 빤히 바라본다. 그리고 연극 대사처럼 과장된, 진지한 목소리로 말을 이었다.

"아니, 사실은 진짜로 봤어. 너네 아버지. 네가 너무 실망하는 것 같아 이런 식으로 얘기해 본 거야. 미안하다. 건강해 보이셨어."

나는 테이블을 엎었다. 테이블을 엎는 건 영화나 드라마에서나 하는 행동인 줄 알았는데 내가 테이블을 엎다니. 라면과 깨진 소주병으로 바닥은 엉망이 되었고 편의점 알바가 무슨 버튼을 눌렀는지 가게 안에 알람이 울리기 시작했다. 사람들이 하나둘 모이고 멀리서 경찰차 사이렌 소리가 들리기 시작하자 남자는 내 손을 잡고 뛰었다. 뿌리치려 했지만 남자의 손은 단단했다.

얼마나 뛰었나, 체한 건지 속이 좋지 않고 갑작스러운 뜀박질에 머리가 어질어질하다. 정신을 차리고 보니 남자가 내 발아래 나뒹굴고 있다. 다리에 힘이 풀려 주저앉아 벌벌 손을 떨며 휴대폰을 꺼내는데 그 와중에 남자가 휴대폰을 빼앗아 던져 버린다. 남자는 안간힘을 쓰며 주머니에서 약을 찾아 입에 털어넣었다. 남자의 발작 같은 것이 한동안 이어지더니 멈춘다. 남자가 죽은 것만 같아 도망가야 하나 어쩔 줄을 모르고 우왕좌왕한다. 내 몸은 땀으로 흠뻑 젖었다. 그 어떤 난방 기구로도 멈출 것 같지 않는 지독한 오한이 든다. 이가 딱딱 소리를 내며 맞부딪힌다.


아버지는 달리기를 좋아했다. 직선거리가 50미터 이상이면 언제든 뛰자고 했다. 키가 작은 아버지는 대신 다리를 정말 빨리 움직였다. 내가 아버지보다 10센티 이상 자란 후에도 이길 수 없었다. 우리는 원래 수렵 민족이었다고, 언젠가 산등성을 달리며 검은 개 두 마리와 사냥하는 게 아버지의 꿈이라고도 했다. 역시 사냥하면 아프리카지. 아프리카에 가자고도 했다. 돈이 어디 있어 아부지? 아들아, 그건 아프리카 가기 전에 라스

베이거스부터 가서 한판 따면 되지. 좋은 한판이네요. 우리는 마주 보고 웃었다. 우리는 마주 보고 웃으며 헐떡거리다 또 마주 보고 웃었다. 또 아버지는 아프리카에 사는 기린의 습성에 대해 이야기했다. 기린은 잘 때도 허리나 무릎을 굽히지 않고 목만 숙인다고 했다. 왜요, 아부지? 겁이 많아서. 그래서 이십 분 자고 깨고 하는 불면의 동물이야. 아부지 기린 같아요. 나는 불면증이 심한 아버지를 놀리며 그렇게 말했다. 나는 후회한다. 그 말을 한 것을. 지금에서야. 아버지는 사냥꾼이 아니고 사냥감이라고 이야기한 것을. 그리고 아버지의 눈빛이 쓸쓸해졌음을 지금에서야.

잠시 후 남자가 눈을 뜬다. 뭐라고 입을 달싹인다. 귀를 가까이 가져다 댄다. 집에 데려다 달라고. 남자와 더 이상 엮이고 싶지 않지만 그래도 이대로 두고 가면 죽는다는 것쯤은 안다. 남자의 몸을 일으켜 그가 가리키는 재개발 예정지로 향한다.

남자의 집엔 아무것도 없다. 낡은 매트리스와 소주병, 담요가 전부다. 남자를 내던지듯 매트 위로 눕힌다. 남자는 눕자마자 눈을 감고 잠들어 버린다. 남자를 거의 떠메고 오느라, 게다가 계단까지 오르느라 체력을 소진해 버려 꼼짝도 할 수 없다. 벽에 등을 기대고 바닥에 앉아 숨을 고른다. 물을 찾아보았지만 찾을 수 없다. 있다 해도 별로 마시고 싶은 상태는 아닐 것 같다. 전화벨이 울린다. 엄마다. 벨소리가 너무 커서 얼결에 전화를 받았다.

어디니, 엄마의 목소리가 풀렸다. 오늘 무슨 날인가. 모두 술에 취하는 날이라도 되는가. 엄마는 울다 중얼거리다 한다. 나는 극도의 피로감을 느낀다.

"현준아, 그거 좀 알아봐."

"그거 뭐요."

"전에 말했잖아. 실종 얼마가 지나야 사망신고 할 수 있는지."

나는 대답하지 않는다. 겨우 14개월 지났는데.

"니네 아버지 생명보험 든 거 있어. 너도 대학 가야지. 이천만 원은 또 어떻게 갚아. 이자 내기도 힘들어. 너 내가 너무한 거 같니?

"……누가 뭐래요."

"연락 온 데는 없고?"

나는 자고 있는 그를 흘긋 바라본다.

"없어요."

"얼른 들어와."

전화를 끊고 자고 있는 그를 찬찬히 바라본다. 은테, 베이지색 잠바, 검은 정장바지. 처음 만날 날과 완전히 같은 옷차림을 한 그가 귀 아래 두 손을 밀어 넣고 옹송그리고 잠들어 있다. 그의 작은 키는 아버지와 비슷하다. 인정하기 싫지만 그는 아버지를 닮았다. 초식동물 같은 어떤 나약함도. 하지만 그는 그런 나약함을 비열함과 위악으로 포장했다.

그의 몸에서 썩은내가 난다. 아까는 콧물이 나고 숨이 차서 몰랐는데 호흡이 정상으로 돌아오니 지독한 냄새가 난다. 부패의 냄새. 그는 죽어 가고 있는 게 틀림이 없다. 공기 중에 떠다니는 이 죽음이 내게 달라붙을 것 같은 공포가 치민다. 서둘러 일어서다 그의 매트리스 아래 뭔가가 잔뜩 끼어 있는 것을 발견한다. 잡아 당겨 본다. 전단지들이다. 각기 다른 실종자들의 얼굴이 인쇄된. 여자도 있고 남자도 있고 아이도 있다. 심지어 개도 있다. 순간 몸의 모든 감각이 멈춘 것 같은 기분이 들며 다리가 휘청한다. 그는 카파라치처럼, 현상수배범 사냥꾼처럼 실종자 가족들만 찾아다니며 농락하는 사기꾼이다.

하지만 깨달음과 동시에 내가 그 사실을 오래전부터 알고 있었다는 자각이 들었다. 다만 마주하지 않았을 뿐 언젠가부터 알고 있었다. 그의 제보가 사실이든 거짓이든 내게 더 이상 상관

없었다. 어차피 아버지는 사라져 버렸고 그가 어떤 말을 하든 변함은 없다. 내가 누굴 만나 게임을 하든 담배값을 뜯기든 소주를 마시든 무슨 짓을 하든 아버지는 영원히 돌아오지 않는다. 왜냐하면 아버지는 우리를 버렸기 때문에. 사라진 게 아니고 떠난 것이기 때문에. 나는 그 뭉치를 들고 쫙쫙 찢어 버린다. 아주 잘게, 더 이상 찢을 수 없을 정도로. 그리고 손에 남은 것들을 자고 있는 남자의 몸 위로 뿌렸다. 팔랑거리며 흰 종이가 눈처럼 내린다. 그 모습은 마치 검은 언덕 위로 흩날리는 화산재 같기도 했다.

"가족이랑 여기 살았었어."

소변을 보고 집을 나서려는데 등 뒤에서 조용하지만 또렷한 목소리가 들렸다. 돌아보니 그가 어느새 일어나 앉아 담배갑을 뒤적이고 있다. 남자의 가족사 따위, 들어 봤자 뻔한 사연일 텐데 발이 떨어지지 않는다. 병에 걸리고 실직한, 중증 알코올중독자인 그를 두고 가족이 한밤중에 사라져 버렸다는 '기구한' 이야기. 어쩌라고. 하지만 현관 문고리를 계속 돌리기만 하며 나는 미적미적 서 있다. 이 와중에 거짓말쟁이에 대한 호기심이라니. 왜 그랬는지 묻자 그는 한참 대답할 말을 찾지 못했다. 피시방 갈 돈과 소주, 담배, 라면 살 돈을 힘 안 들이고 얻을 수 있어서. 횡설수설하다 문을 열고 나서는 내 등 뒤로 그는 말했다.

"아비를 잃은 자식의 얼굴이 보고 싶었어."

미친놈.


엄마는 불도 켜지 않고 부엌 식탁 위에 엎드려 있다. 전자 기기의 디지털 숫자가 깜빡이는 것에 맞춰 엄마의 실루엣이 나타났다 사라졌다 한다. 부엌등을 켜고 맞은편에 가 앉는다. 엄마의 정수리가 훵하다. 푸석한 옆얼굴에는 곰팡이 같은 기미가 얼룩덜룩 번져 있다. 엄마 쪽으로 손을 뻗으려다 어디에 가 닿아야 할지 몰라 머뭇거리는데 엄마가 불 좀 꺼, 한다. 나는 일어서 불을 끈다. 깜빡이는 불빛 속에서 엄마가 조용히 허리를 펴고 일어나 마른 손으로 얼굴을 문지른다. 엄마의 얼굴이 나타났다 사라졌다 한다.

"저녁은?"

고개를 끄덕이는데 낯익은 냄새가 난다. 낯익은 냄새라기보다 악취. 엄마의 입에서 아까 남자에게서 나던 부패의 냄새가 난다. 날카롭게 코를 찌른다. 엄마는 모르는 것일까 자신이 이런 냄새를 풍기고 있다는 것을. 혹은 이미 익숙해져서 코가 마비된 것일까.

"알아는 봤어?"

대답을 하지 않았다. 엄마는 아까 전화로 했던 말들을 다시 반복하기 시작한다. 좀 더 자세하게, 좀 더 집요하게. 엄마가 말을 하면 할수록 공기 중 냄새의 농도는 점차 짙어진다. 견딜 수 없는 기분이 된다. 하지만 내가 견딜 수 없다고 해서 뭐? 이 인생에서 애초에 내가 할 수 있는 일들이란 게 있었던가.

그날 이후로 엄마와 나는 더 이상 아버지를 찾지 않았다.

여름은 헤어진, 집요한 연인 같다. 돌아서서 가는 듯싶더니 다시 달라붙고 또 돌아서서 드디어 사라져 가는 듯싶더니 어느새 집 앞에 웅크리고 앉아 있다. 그 지긋지긋한 반복에 익숙해져 더 이상 떠나기를 기대하지 않을 때 갑자기 여름이 떠났다. 낮에는 여전히 더웠지만 서늘한 바람이 아침저녁으로 불었고 고3을 몇 달 남겨 둔 교실은 여느 때보다 조용했다. 나는 영어과에 진학하기 위해 언어와 외국어 영역에 집중했다. 학교, 독서실, 집으로 연결되는 트라이앵글이 영원히 끝나지 않을 것 같은 기분이 들 때도 있었다. 그럴 때면 미드나 영드를 틀어 놓고 대사 번역을 했다. 「CSI」나 「본즈」, 「히어로즈」 같은 진지한 것들 말고 시덥잖은 농담으로 점철된 「빅뱅이론」이나 「모던 패밀리」, 「루이」, 「아이티 크라우드」 따위. 매일매일 새로운 사건이 일어나고 아무도 죽지 않고 심각하게 상처받지 않고 함부로 사라지지 않는 그 세계가 좋았다. 하지만 그런 시덥잖은 농담들마저도 지긋지긋한 기분이 들 때가 있었다. 그러면 아버지가 남기고 간 영어책들을 뒤적여 아무 페이지나 무작위로 번역했다. 최근 발견한, 아버지가 접어 둔 페이지에는 이런 시가 있었다.

**On the Elevator Going Down**★

**엘리베이터**


**A Caucasian gets on at the 17th floor.**

**17층에서 백인 남자가 탔다.**

**He is old, fat, and expensively dressed.**

**늙은 뚱땡이가 옷은 잘 입었네.**

**I say hello / I'm friendly.**

**인사를 했다 / 난 친근한 인간이거든.**

**He says, "Hi."**

안녕하쇼, 그가 대꾸했다.


Then he looks very carefully at my clothes.

그 시키는 내 옷을 존나 훑어봤다.

I'm not expensively dressed.

나는 옷을 거지같이 입었는데.

I think his left shoe costs more than everything I am wearing.

내 생각에 그 시키 신발 한 짝이 내가 입은 옷들보다 더 비쌀 것 같다.


He doesn't want to talk to me any more.

더 이상 나랑 말하기 싫은 듯.


I think that he is not totally aware that we are really going down

and there are no clothes after you have been dead for a few thousand

years(……)

하지만 그 시키는 정말 모르는 걸까 우리는 결국 모두 지하로 내려가

고 있다는 것을

뒤지고 나면 옷이고 나발이고 다 썩어 없어질 것을

아버지가 페이지까지 접어 두며 좋아한 시는, 시마저도 소시민적이었다. 다 읽고 나니 더 가난해진 느낌이 들었다. 그런데도 그날 밤 침대에 누웠는데 자꾸 한 구절이 떠올랐다. '하지만 그는 정말 모르는 걸까 우리는 결국 모두 지하로 내려가고 있다는 것을.' 아버지는 이런 느낌으로 평생을 살아왔던 걸까. 이런 삶의 태도가 결국 내게 아버지의 유산처럼 남으려나. 아아, 그건 정말이지 싫은데. 여러모로, 하나뿐인 아들인 내게 너무하다.

경찰서에서 전화가 왔을 때 엄마와 밤참으로 냉면을 먹고 있었다. 어디선가 중요한 전화가 올 때마다 뭔가를 먹고 있다는 기시감이 들었다. 아버지를 찾았다고, 잠시 숨을 고른 후 젊은 목소리는 정정해서 말했다. 아버지로 추정되는 시신을 찾았다고. 남자의 목소리가 엎질러진 물처럼 전화기 밖으로 흘러나왔고 엄마는 젓가락을 천천히 내려놓았다. 목 뒤부터 온몸으로 소름이 번져 나갔다. 병원을 확인하고 주소를 받아 적고 옷을 입고 나가 택시를 잡고 하는 과정들. 눈을 감고 했던 행위들처럼 영상으로 기억이 나지 않는다. 다만 엄마의 손에서 뭔가가 자꾸 미끄러졌다. 엄마는 열쇠를 떨어뜨렸고 지갑을 떨어뜨렸고 신발짝을 떨어뜨렸고 웃옷을 떨어뜨렸다. 내 손아귀에서도 엄마

손이 자꾸 미끄러져 빠져나갔다. 우리는 앞이 보이지 않는 사람들처럼 병원으로 갔다.

"주머니에 있었던 메모입니다. 학생 연락처, '아들 번호'라고 쓰여 있더라고요. 소지품은 딱히 없네요."

그가 건네주는 종이를 받아 들었다.

"기록 보니까 20○○년 1월 5일에 실종 신고가 접수됐네요? 인상착의도 신고하신 바와 일치하고 주머니에 가족 연락처가 들어 있어서 일단 특별한 사항이 없는 한 부검은 필요 없을 것 같고요."

고개를 끄덕, 했다.

"시신을 보시면 아시겠지만…… 저 뭐냐…… 날씨 때문에…… 그리고 발견이 늦어져서 시신이 부패가 심한 편이에요. 재개발 지역에서 철거 직전에 발견했는데 사망 추정일은 최소 3주 전입니다. 영양실조와 지병으로 인한 자연사로 보이고요.

자세한 건 부검을 해야 하는데…… 가족들 의견이 중요하죠."

그는 피곤에 절어 말을 한다기보다 말을 흘리는 것처럼 보인다. 그럼에도 냉동고 앞의 나이 든 검시관은 내게 미소 비슷한 것을 지어 보였다. 안쓰러움과 동정, 위로 등으로 보이게끔 적당하게 훈련된 근육의 경련에 가까웠지만. 곧바로 그는 냉동고의 손잡이를 힘껏 잡아당겼다. 그 위에는 어떤 덩어리 같은 것이 냉동 상태로 누워 있었다. 그럼에도 불구하고 나는 한눈에 아버지가 아님을 알아봤다.

"아버지 천강세 씨가 맞아요?"

마른침을 삼키고 가까스로 나는 대답했다.

"네, 맞습니다."

그 뒤의 절차를 위해 여러 서류에 사인을 했다. 엄마는 냉동고에 내려가기를 무서워했다. 네가 보고 와. 나는 위층으로 올라가 응급실에 누워 수액을 맞는, 동공이 열린 엄마에게 아버지가 맞더라고 말했다. 엄마는 갑자기 아이고 하고 고꾸라지며 곡을 하기 시작했다. 의사와 간호사가 다가와 진정제를 놓는 동안 엄마는 사지를 버둥거리며 울었다. 엄마의 크게 벌린 입이 깊이를 알 수 없는 어두운 동굴 같아 나는 엄마를 바로 볼 수 없었다.

장례식은 조촐하고 간단하게 치러졌다. 염을 하는데 들어서다 엄마가 혼절하여 참석하지 못했다. 다음 날 문상을 온 영어 선생님은 우리 모자 곁에서 하룻밤을 새어 주었다. 그리고 아버지가 일찍 돌아가신 자신의 어린 시절 이야기를 해 주었다. 고마웠다. 하지만 나는 이제 시간이 얼마나 흐르든 누구에게도 아버지 이야기는 할 수 없을 거란 예감이 들었다. 소주를 마신 선생님의 이야기는 밤새 이어졌고 아버지에서 할아버지, 할머니, 사촌, 증조, 고조 할아버지로 넘어가며 이대로 영원히 아침이 오지 않는 건가 싶을 때쯤 날이 밝았다. 장례식장 비용 정산과 발인을 어떻게 진행했는지 기억이 나지 않는다. 새벽녘에 두어 잔 받아 마신 소주에 머리가 아팠고 난반사하는 햇살은 레이저 빔처럼 온몸을 찔렀다. 정신 차려 보니 운구 버스 맨 앞자리에 구겨진 채로 내 몸이 놓여 있다. 옆자리에는 상복을 입은 엄마가 창가에 머리를 기대고 잠들어 있다. 사람들 대부분 자고 있는지 버스 안은 작게 틀어 놓은 라디오 소리 외에 진공상태처럼 조용하다. 버스는 마치 거대한 침묵을 운반하는 것 같다. 내가 일어나 두리번거리는 걸 보고 운전기사는 한 시간은 더 가야 한다고 말했다. 눈을 감았다. 라디오 아나운서의 목소리가 귀에 흘러 들어오는 듯하더니 곧이어 잠과 함께 뭉개졌다.

"……현지 시각으로 9일 밤 10시 30분쯤, 신원 미상의 한국인 남자가 1180만 달러, 우리 돈 135억원 규모의 잭팟을 터뜨렸습니다. 그는 최대 3달러를 배팅할 수 있는 슬롯머신에서 1180만 달러를 거머쥐는 대박을 터뜨렸다고 라스베이거스 리뷰저널은 전했습니다. 프리몬트 호텔 앤 카지노의 수석 매니저 짐 설리번은 지난 60년간 한국인의 국적으로 천만 달러 규모의 잭팟을 터뜨린 건 최초이며……."

연보라

"일곱 번째 남친이잖아."

"일곱? ……아홉? 세는 방법에 따라 달라."

"근데 왜 그 난리냐."

수영은 그린티 프라푸치노를 휘저으며 무심하게 말했다. 내 앞에는 재생지로 만든 누런 냅킨이 구겨진 채 한가득이다. 비교적 깨끗한 냅킨을 골라 다시 코를 풀었다. 몇 명인가 우리가 앉은 구석 자리 근처로 들어와 앉으려다 훌쩍이는 나를 보고 다른 곳으로 자리를 옮겼다. 그중 한 명은 자리를 떠나면서도 대놓고 힐끔거리길래 눈이 찢어져라 쩌려봐 줬더니 후다닥 자리를 떠났다. 수영이 가지가지 한다며 테이블 아래로 내 다리를 툭 쳤다. 여러 감정들이 마그마처럼 부글부글 끓고 있다. 수영에게 욕을 한바탕하려고 입을 열었는데 울음이 터져 나왔다. 테이블에 머리를 박고 흐느끼다 엉엉 소리 내어 울어 버렸다. 오후 5시 무렵 스타벅스 내부의 모든 시선과 침묵이 등 뒤로 느껴진다.

"아, 쪽팔려서 못 살겠다."

수영은 나를 따라 테이블 위로 엎드렸다. 나는 엎드려 한참을 울었고 수영은 잠이 든 건가 싶게 조용하더니 잠시 후 손만 뻗어 내 머리 위에 얹었다. 따뜻하고 축축하다. 물풍선처럼 가득 차 있던 감정들이 줄줄 흘러 나가자 눈물이 천천히 그쳤다.

"가자."

조금 더 시간이 흐른 후 수영이 불현듯 고개를 번쩍 들었다.

"나 거울 좀."

수영이 내어 준 거울 속, 아이라인은 번지고 파우더는 얼룩지고 입술은 창백해서 너무나 불쌍한 몰골의 내가 있다. 냅킨에 물을 묻혀 번진 아이라인을 지우고 파우더를 덧바르고 틴트를 바르는데 다시 눈물이 흐른다. 내 눈물샘이 내 마음대로 조절이 안 된다.

"그래, 울어라, 울어."

"오빠가, 오빠는, 내가…… 히끅."

"……엄마가 그러는데 웃었던 시간만큼 울어야 이별이 끝난대. 그러니까 그냥 울어. 어쩌면 빨리 많이 울수록 더 금방 괜찮아질지도 몰라."

그런 철학적인 말이라니. 멋지긴 하지만 이런 건 미리 말해 줬어야지. 그럼 덜 웃었을 텐데. 덜 좋아했을 텐데.

내 의지와는 상관없이 독립기관이 되어 버린 눈물샘을 그냥 포기한 채 거리로 나왔다. 눈이 부시다. 화살처럼 뾰족한 햇살이 부어서 뚱뚱해진 눈꺼풀을 찌른다. 세상이 빙글빙글 돈다. 종일 먹은 것이라곤 라떼 반 잔뿐이다. 툭 치면 토할 것 같다. 수영은 알바를 가야 한다고 급하게 버스를 타고 떠났고 나는 5시 반에 예약한 병원으로 향했다.


'맑은 마음 신경정신과'

누가 지었는지 멍청한 이름이다. 사이비 종교, 혹은 요가 학원 분위기가 난다. 하긴 이름이 중요한 건 아니다. 신경안정제와 수면제만 처방해 주면 된다. 맑은 마음 신경정신과 의사는 그 어떤 우울증 환자보다 무기력하고 만사 지루해 보인다. 잠이 잘 오지 않고 자꾸 작은 일에 화가 나요. 어깨도 결리고요. 내원

첫날 의사가 증상을 물었을 때 이렇게 대답한 이래로 다른 질문을 하지 않는다. 고마운 일이다. 그는 알아서 신경안정제와 근이완제, 수면제를 성분별로 최대 투약 일수를 고려해 처방해 준다. 일주일치의 약을 받아 들고 엄마 카드로 진료비 포함, 사만 오천 원을 결제했다.

이런저런 병원에 다니기 시작한 지 꽤 되었지만 엄마는 모른다. 엄마는 내가 쓰는 카드의 결제 내역을 확인할 만큼 한가하지 않다. 다만 일정 이상의 지출이 넘어가는 달에는 잔소리를 들어야 하므로 조심하는 편이다. 엄마의 잔소리는 반복적이고 자기 연민적이다. '내가 네 나이 때는 소원이 공부만 하는 것이었다' '넓고 안락한 집에서 능력 있는 부모 덕에 먹고 싶은 것, 입고 싶은 옷, 다 원하는 대로 가질 수 있는데 너는 도대체 뭐가 문제냐' '너는 너네 아빠를 닮은 게 틀림이 없다. 쓰는 거 좋아하고 노는 거 좋아하는 게 어쩜 그렇게 똑 닮았냐' '열심히 일하는 내 모습은 둘 다 안중에도 없는가 보다' '아이고, 내 팔자야……' 몇 년째 변주도 없이 반복되는 그 레퍼토리를 듣고 있자면 신경 쇠약에 걸려 버릴 것 같다.

신경정신과를 나와 두 블록 떨어진 정형외과에 갔다. 최근 불면증이 심해지면서 어깨 결림도 더 심해졌다. 근이완제로 도저히 해결이 안 난다. 간단히 진료를 보고 물리치료실로 들어갔다. 엎드려 온찜질을 받고 전기 치료와 레이저 치료를 받는 동안 다시 눈물이 터져서 침대에 얼굴을 처박고 사십 분쯤 울었다. 치료가 끝나고 간호사가 들어와 기계를 정리하다 축축하게 젖은 시트를 보더니 동그래진 눈으로 나를 쳐다봤다. 너무 피곤해서요, 침 흘리고 잤어요. 간호사는 별다른 대꾸 없이 시트를 획 걷어서 나갔다. 7시다. 오늘은 피부과까지 갈 시간이 안 된다. 야채죽을 포장해서 집으로 돌아왔다. 약을 먹으려면, 속 쓰리지 않고 잠들려면 뭐든 먹어야 한다.

늦게까지 텔레비전을 보다 신경정신과에서 받아 온 약을 먹었지만 새벽이 되어도 잠이 오지 않는다. 이런 밤에 나는 별을 헤는 대신 내가 다닌 병원을 헤아려 본다. 병원을 옮겨 다니며―중간에 안 간 시기도 있지만―약을 타 먹기 시작한 지 일 년이 다 되어 간다. 정 신경정신과, 서울 신경정신과, 좋은 생각 정신건강의학과, 연세 신경정신과, 그리고 오늘 다녀온 맑은 마음 신경정신과. 각각의 병원 의사들은 저마다 성향이 달랐다. 너무 의욕적이어서 날 당황스럽게 했던 의사, 나의 이성 교제에 대해 집요하게 물어보던 의사, 부모님 연락처를 요구하던 의사…… 지금 의사는 아무것도 안 물어봐서 좋다. 내가 원하던 딱 바로 그런 병원이다. 병원을 많이 다니다 보니 나의 요구를 정확히 수용하고 처방해 주는 병원을 찾게 된다. 신경정신과 외에 정형외과, 피부과, 내과는 주 1회 이상은 가는 편이다. 치과, 산부인과, 한의원은 각각 필요할 때 간다. 치과에서는 정기 검진 외에 주기적인 스케일링과 화이트닝을 받고, 산부인과는 생리 주기가 불규칙해지거나 생리통이 심하면 간다. 한의원은 어느 과를 가야 할지 애매할 때 간다. 발목을 살짝 접지르거나 수업하다 눈 아래 경련이 오거나 할 때 등등. 한약은 가끔 지어 오긴 하지만 먹지는 않는다. 아픈 것, 쓴 것 딱 싫다. 하지만 한약 지을 돈도 없다고 생각할까 봐 권유할 때마다 응한다. 베란다에 처박아 뒀다가 기분이 안 좋을 때 송곳으로 파우치를 터뜨리며 기분을 푼다. 그런 날이면 집 안 가득 한약 냄새가 나는데 아빠나 엄마는 단 한 번도 이유를 물어본 적 없다.

누워 뒹굴거리다 신경안정제와 수면제를 각각 한 알씩 더 먹는다. 단톡방들도 이 시간이 되니 잠잠하다. 오늘도 성훈 오빠에겐 연락이 오지 않는다. 오빠는 2주 전쯤 군대에 갔다. 내게 기다리지 말라고, 연락하지 않을 거라고 했다. 공부 열심히 하라고, 돌아와서 둘 다 대학생으로 떳떳하게 만나자고도 했다. 텔레비전이나 인터넷 소설에 나올 것 같은 대사를 실제로 진지하게 하는 이상한 인물이다.

하긴 첫 만남부터 오빠는 내가 아는 누구와도 비교 불가할 정도로 특이했다. 랜덤 채팅 앱으로 분명 남자애를 만나기로 했는데 거의 우리 아빠급의 중년 남자가 나왔던 날이다. 전화 목소리는 어렸는데 본인이 아니었던 것일 수도 있다. 약속 장소에 도착해서 통화하다 빨간 백팩이냐는 질문에 고개를 끄덕이다 눈이 딱 마주쳐 도망도 못 갔다. 남자와 나는 근처 카페로 이동했다. 자신을 대학원생이라고 소개했는데 내가 봤을 땐 정년퇴임을 앞둔 교수 같았다. 할 말을 잃고 내 앞에 나온 아이스 아메리카노의 얼음만 와작와작 씹어 먹었다. 작은 카페인 데다 손님이 없어 남자와 나, 그리고 카페 알바가 다였다.

"나는 정말 마음이 약해, 그래서 싫다는 말을 들으면 마음이 약해져서 아무것도 못하는 게 문제야."

"앱을 이용해 사람을 만난 적은 몇 번 있지만 넌 정말 기대 이상이구나."

"앱에서 자기 사진을 안 보내 준 사람은 너뿐이어서 더 만나고 싶다는 생각이 들었어."

"용돈 안 필요하니?"

"오빠라고 부르면 돼. 아버지 건물을 내가 관리해서 돈도 시간도 여유로운 편이야.

남자가 개소리 퍼레이드를 펼치는 동안 알바는 작은 카페를 돌아다니며 뭔가를 골똘히 생각하는 눈치였다. 나는 소파에 한껏 기대어 테이블에서 최대한 멀리 떨어진 자세로 남자의 말을 한 귀로 듣고 한 귀로 흘렸다. 잠시 후 할 말이 떨어진 남자는 맛있는 걸 먹으러 가자며 일어났다. 남자와 있기 싫었지만 만날 사람도 없었고 집에 가기도 싫었기 때문에 느릿느릿 소파에서 따라 일어났다. 하지만 우리는 카페를 떠날 수 없었다. 출입문이 잠겨 있었다.


오빠는 우리가 카페에 들어오는 순간부터 이상하다고 느꼈다고 한다. 아빠뻘은 되어 보이는데 가족도 선생님도 아닌 것 같은 점, 남자가 자신을 '대학원 4학년'이라고 소개하는 점, 내가 벌레 씹은 표정으로 앉아 있는 점, 결정적으로 앱이니 용돈이니 하는 단어들이 오가는 점. 그래서 문자로 112에 신고하고 카페 안을 정리하는 시늉을 하며 문을 잠갔다고 한다. 오빠에게 놀라운 점은 그걸 생각까지는 할 수 있지만 어떤 망설임도 없이 실행에 옮긴다는 점이다. 간간이 낯선 남자들을 만나고 이런

저런 제안을 받는 과정에서 생각지 못한 제3의 청자가 우연히 듣고 나를 설득하려는 경우가 있었다. 하지만 내가 무시하거나 어깨를 으쓱해 버리면 그대로 사라져 버리곤 했다. 오빠처럼 남의 일에 이토록 적극적인 사람은 내 생전 처음 봤다.

곧이어 경찰관 두 명이 카페로 찾아왔고 나는 남자가 나이를 속이고 나를 만났다고 진술했다. 남자와 나눈 앱 대화창도 보여 줬다. 앱 창에서 나는 말을 별로 하지 않았고, 그 남자는 열성적인 데다가 성적이었다. 하지만 경찰은 남자를 잡아가지 않았고 그 자리에서 훈방 조치되었다. 경찰과 남자가 떠난 후, 길 건너 편의점 테이블에 앉아 카페가 끝날 때까지 기다렸다. 카페 문을 잠그고 퇴근하는 오빠에게 와다다다 달려가 일단 팔짱을 껴 버렸다. 오빠는 육지에서 직립보행하는 해양 생물이라도 본 것처럼 소스라치게 놀랐다. 연락처를 가르쳐 줄 때까지 이 팔짱을 풀지 않겠다고 협박했다. 오빠는 내게 오른팔을 붙잡힌 채 곤혹스러운 목소리로 번호를 불러 줬고 난 그 자리에서 전화를 걸어 번호를 확인했다. 맞는 번호였다. 쉬운 남자였다.

오빠와 만난 건 세 달 정도다. 매일 카페로 만나러 갔다. 어느 날엔 내 휴대폰에 오빠를 '남친님'이라고 저장했고 오빠 폰을 빼앗아 내 번호를 '여친님'이라고 저장했다. 오빠는 초기에 좀 반항했지만 나중에는 포기했다. 아니, '포기'라기보다 '적응'했다. 만난 지 한 달쯤 됐을 무렵 술을 마시고 한밤중에 전화해서 '여친, 자냐.'라고 한 후로, 공식적인 여친이 되었다. 생각보다 더, 쉬운 남자였다.

오빠를 만나며 병원을 거의 끊었다. 소화도 잘되고 잠도 잘 오고 얼굴에 뾰루지도 올라오지 않았다. 랜챗 앱도 다 지웠고 게임도 시시했다. 학교가 끝나면 카페로 달려가 일하는 오빠를 기다리며 잡지도 읽고 낙서도 하고 그랬다. 오빠는 휴학 중이었지만 한가한 시간에 토익을 비롯한 이런저런 공부를 했다. 대학 가도 공부를 해? 하고 물었을 때 나를 쳐다보던 그 눈빛은 잊을 수가 없다. 이제까지 나와 이야기하던 것이 사람이 아니고 원숭이던가 하는 눈빛이었다. 나는 키득키득 웃어 버렸지만 그 뒤로 어쩐지 조금 신경이 쓰여 생전 안 하던 모의고사 기출 문제집 같은 것들을 가져가 들여다보기도 했다. 내가 테이블에 앉아 그런 것을 보고 있으면 오빠는 평소보다 더 조용히 살금살금 움직였다. 그리고 가끔 나를 흘긋거리며 첫 걸음마 하는 아이의 아빠처럼 몰래 웃었다. 그 웃음이 보고 싶어서 문제집을 더 자주 가져갔고, 들여다만 보느니 심심해져 풀기도 하고, 낯익은 문제도 생기고, 뭐 그랬다. 성적이 아주 조금 올랐다. 누구도 눈치채지 못했지만.

　오빠는 내가 만난 그 어떤 사람과도 다른 타입이었다. 나이 때문은 아니었다. 일단 내가 손을 잡거나 팔짱을 끼면 소스라치게 놀라며 몸을 뺐다. 신선했다. 그래서 거의 대롱거리며 매달리는 상태가 되도록 달라붙었다. 하지만 나를 밀쳐내는 손에 힘이 들어가지 않았다. 그리고 나와 술을 마시지 않았다. 이제껏 만난 사람들은 열이면 열, 일단 술을 사 주고 내 손을 잡고 내 어깨를 안고 내 허리를 안고 둘만 있고 싶다고 했는데 오빠는 스님인가. 왠지 분한 마음이 들어 일부러 술을 먹고 찾아가 치근덕거려 봤지만 전혀 먹히지 않았다. 짧은 치마를 입고 가면 담요를 덮어 줬고 오프 숄더를 입고 가면 자켓을 입혀 줬다. 실제로 이런 사람이 존재하는구나, 나는 진심으로 놀랐다. 마치 다른 종족의, 다른 인류의 구성원 같다. 그리고 정말 바쁘게 살았다. 일찍 일어나 조깅을 했고 오전에는 도서관에 다녀오고 오후에는 카페 알바를 하며 틈틈이 공부를 했다. 매일 신문과 시사 잡지 등을 읽으며 뭔가를 스크랩하고 정리했고, 동네 길냥이들 밥도 아침저녁 두 번씩 챙겨 줬고, 그 와중에 나와 통화도 하고 데이트도 하고, 실연한 친구와 술도 마시고, 엄마를 모시고 병원도 갔다. 등교하자마자 엎드려 잠들어서 청소 시간에 깬 후 슬금슬금 놀러 나갔다가 밤에 잠이 안 와 수면제를 삼키는 나의 생활과 전적으로 달랐다. 하지만 오빠의 얘기로는 오빠가 특별히 열심히 사는 편은 아니라고 했다. 세계관이 대혼란에 빠졌다. 오빠는 그런 내게 달팽이가 거북이를 보고 놀라는 격이라고, 세상은 토끼들의 세상이라고 했다. 그렇다면 난 그냥 식물하련다. 속으로 생각했지만 입 밖에 내지는 않았다. 오빠는 내가 본 가장 부지런한 거북이였다.

오빠가 나를 안아 준 것은 딱 한 번, 헤어지자고 말한 날이었다. 그렇게 늦은 시간에 나를 찾아온 건 처음이어서 전화를 받자마자 '남친이 집 앞에 왔을 때 5분 생얼 메이크업'을 검색한 후 초스피드로, 그러나 최대한 침착하게 찍어 바르고 튀어나갔다.

오빠는 놀이터 그네에 앉아 발로 모래 위에 뭔가를 그리고 있었다. 흘러내린 머리카락에 얼굴은 보이지 않았지만 어둠 속에서도 잘생겼다. 그냥 머리부터 발끝까지 잘생겼다. 뒤로 몰래 다가가서 그네 의자를 확 잡아 뺐다. 오빠는 괴상한 비명을 지르며 모래 위로 엉덩방아를 찧었다. 나는 배가 찢어지게 웃었다. 오빠는 애매한 표정으로 툭툭 털며 일어났는데 평소처럼 잔소리하지도 구시렁거리지도 않아 이상했다. 내 웃음이 점차 작아지다 사그라진 후에도 말이 없었다. 너무 말이 없어서 볼을 찔러 보고 옆구리도 찔러 봤는데 애매한 표정만 지을 뿐이었다. 너무 신경질이 나서 아, 대체 왜 그래! 하고 소리를 질러 버렸다. 그러자 오빠는 나를 끌어당겨 안았다. 심장이 터질 것 같았다. '오늘이 우리 첫 키스인가. 이것이 말로만 듣던 놀이터 로맨스!' 눈을 꽉 감은 채 정신 못 차리고 있는데 오빠가 말했다. 오늘이 마지막이라고. 너무 놀라 오빠를 밀치고 정색을 하고 바라보는데 군대에 간다고. 하지만 어디로 가는지는 알려 주지 않을 거라고 말했다. 90년대 삼류 영화 찍냐고 코웃음 치고 말을 막았지만 오빠는 제대 후 둘 다 성인이 되어 떳떳하게 만나자며 기어이 자기 할 말을 마치고 돌아섰다. 오빠의 뒷모습에 대고 이대로 가면 제대고 자시고 진짜 끝이라고 소리를 질렀다. 하지만 오빠는 그렇게 가 버렸다. 다음 날부터 전화번호도 사라지고 없었다. 카페 알바도 그만뒀다. 집은 어딘지 몰랐다. 정말로 그렇게 군대에 가 버렸다.

이런 진부한 방식의 이별을 남기다니. 너무 화가 나서 생각했다. 전력을 다해서 잊어 주마. 하지만 그날 이후로 나는 진짜 불면—낮에도 잘 수 없었다!—에 시달리기 시작했고 시도 때도 없이 눈물이 쏟아져 일상생활이 어려워졌다. 오빠를 만난 건 내 인생의 가장 큰 행운이라 생각했는데 가장 큰 불운이었다. 나라는 존재 자체가 젠가처럼, 그 사람과 함께한 시간 하나하나를 기억해 낼 때마다 구멍을 내며 빠져나갔고 나는 곧 허물어질 것 같았다.

생각이 꼬리를 물자 더더욱 잠이 달아난다. 두 알씩 먹은 신정안정제와 수면제가 전혀 효과가 없다. 한 알씩 더 먹을까 하다가 일어나 거실로 나왔다. 언젠가 티브이에서, 겨울철 곰처럼 잘 자게 생긴 수면전문가라는 교수가 진정한 불면증은 존재하지 않는다고 했다. 다만 잠이 내가 원하는 때와 장소에 와 주지 않는 것일 뿐. 이게 말이냐 개소리냐. 하지만 그 후로 잠이 오지 않을 때마다 그 말에 조금 힘을 얻었다. 어쨌거나 언젠가 잠들 수 있는 거다.

거실의 불을 켠다. 2시가 넘었지만 아무도 들어오지 않았다. 따뜻한 물을 커다란 머그잔에 따라 손에 들고 어슬렁거린다. 맞은편 아파트의 불 켜진 집들을 바라본다. 베란다로 나가 창문을 열었다. 얼굴로 부딪혀 오는 바람에서 가을 냄새가 난다. 습관처럼 또 눈물이 난다. 아무런 감정 없이, 뺨으로 흐르는 눈물을 느낀다. 약 기운 때문인지 머리가 멍하고 감정은 마비된 것처럼 둔하다. 다행이다. 약을 안 먹었으면 뛰어내리고 싶다는 생각이 들었을지도 몰라. 그런데 사람이 이렇게 외로워도 되는 걸까. 맞은편 아파트의 불 켜진 창들의 개수가 점점 줄어드는 것을 하염없이 지켜본다. 따뜻했던 물도 이제 다 식었다.

방으로 돌아가려다 서재로 발걸음을 옮긴다. 이런저런 책들을 꺼내 책장을 파라락 넘겨 봤다. 곰팡이 냄새, 먼지 냄새, 오래된 책 냄새가 공기 중에 희미하게 떠돈다. 시사 관련 서적들이 대다수다. 내가 읽을 만한 책들은 없다. 눈으로 대충 훑다가 책장 맨 아래 몇 칸을 차지한 앨범들이 눈에 띄어 바닥에 다 꺼내 봤다. 정리되지 않은 사진들이 마구 끼어 있어 무겁고 뚱뚱하다. 친척들과의 단체 사진, 할머니 생일인지 할아버지 생일인지 술에 취해 얼굴이 빨개진 어른들 속 춤추는 아빠와 엄마, 노란 옷을 입고 돌상 앞에서 울고 있는 나, 씽씽카를 타고 세상 다 가진 표정을 하고 있는 나, 계곡에서 나를 등에 매달고 수영하는 아빠, 도넛을 튀기고 있는 엄마, 앞니가 빠진 채 브이를 그리고 있는 나, 그리고 이제 안 찍은 지 꽤 되었지만 매년 부모님 결혼기념일에 정기적으로 찍었던 가족사진들. 엄마의 머리는 길었다가 시간순으로 점차 짧아졌고 아빠는 점차 살이 쪘다. 늘 아빠와 엄마 사이에 서서 손을 양쪽으로 꼭 잡고 카메라를 바라보던 순간이 기억난다. 사진사가 자연스럽게, 자연스럽게, 하고 말할수록 더 어색하게 웃는 얼굴들. 사진을 찍고 갈비를 먹고 집으로 돌아오던 저녁들. 이제 다시는 가질 수 없는 시간들. 이런 부모 밑에서 태어나 행운이다 하다가 서서히 불운으로 옮겨 가던 시간들.

앨범들을 정리해서 집어넣으려는데 큰 앨범 속에서 예전에는 보지 못한 작은 앨범이 툭 떨어진다. 꽃무늬가 난무한 미니 앨범이었다. 앨범을 열어 들여다보는데 우리 가족 중 누가 연관된 사진들인지 처음엔 깨닫지 못했다. 대체 누구지? 다시 찬찬히 얼굴들을 들여다보았다. 이십 대 초반으로 보이는 얼굴들 속 아빠와 엄마의 낯설고도 낯익은 얼굴이 떠오른다. 대학 시절 앨범인 것 같다. 나와 불과 두세 살밖에 차이 나지 않았을 때다. 이상한 기분이 든다. 가족이 아니었을 시절의 아빠와 엄마. 짙은 남색 플레어 원피스에 갈색 벨트를 한, 허리가 날씬한 엄마, 청바지에 흰색 카라 티를 입고 세상을 다 가진 것처럼 웃고 있는 아빠. 다른 사람들 속에서 둘만 손을 꼭 잡고 있다. 둘은 대학교 1학년 때 만나서 무려 십 년을 연애하고 결혼했다고 들었다. 대부분 다양한 장소에서 둘이 함께 있는 사진들이다. 강의

실, 도서관, 교정, 동아리방, 식당, 운동장 등. 아빠의 얼굴은 젊다 못해 어리다. 사진마다 흰 이를 드러내고 환하게 웃고 있다. 엄마는 날씬하고 대부분 치마를 입고 한껏 멋을 낸 모습이다. 누군가에게 사랑받고 보호받는 사람 특유의 부드러움과 의기양양함이 느껴졌다. 지금의 여장부 같은 모습은 찾아볼 수 없다.

그리고 어디 사진관에서 돈을 주고 찍은 듯한 커플 사진도 있다. 이마를 마주 대고 웃고 있지를 않나, 각각 왼손 오른손으로 하트를 만들고 있지를 않나. 모든 사진에 작위적이고 과한 연출이 들어갔다. 다만 둘은 세상을 다 가진 것처럼 행복하게 웃고 있다. 이런 수고를 들일 만큼 서로를 사랑한 시간이 있었구나. 놀라울 따름이다. 하도 낯설어서 눈을 뗄 수가 없다. 내가 태어나기 이전, 서로를 마주 보고 웃던 아빠와 엄마. 그 시절 두 사람은, 내가 오빠를 만나 느꼈던 것처럼 감정이 풍선처럼 부풀어 오르고 바라만 봐도 열이 오르고 스치기만 해도 어지럽고 조금이라도 닿고 싶어서 어쩔 줄 모르던 시간을 가졌던 것일까. 그렇다면 대체 어떤 시간을 거쳐서, 어떤 변화를 거쳐서 지금은 서로를 증오하고 견디지 못하게 된 걸까. 지금의 아빠와 엄마는 최선을 다해 한 공간에 있지 않으려 한다. 둘 다 집에 잘 들어오지도 않지만 어쩌다 들어오면 각자의 방에 들어가 잠만 잔다.

둘이 그렇게 싸워 댈 때는 제발 그만했으면 싶었는데 그것도 애정이 있기에 가능했던 것임을 나중에서야 깨달았다. 그 무렵 엄마는 나를 바라보다 넌 아빠를 하나도 안 닮았어, 했다. 그리고 비슷한 시기에 아빠 또한 나를 바라보다 넌 엄마를 하나도 안 닮았다, 했다. 그럼 나는 어디서 나온 거지. 나는 그들의 유일한 자식이지만 누구와도 닮지 않았단다. 그 말은 내가 태어나 들은 가장 나쁜 말이었다.

동이 트기 시작한다. 머리가 지독하게 아프다. 서재를 나오기 전, 아빠 엄마가 손을 잡고 있는 사진 하나를 챙겼다. 봐도 봐도 익숙해지지 않는, 이질감이 든다. 사진을 베개 밑에 넣고 잠깐이라도 눈을 붙이려고 애를 쓰는데 얼마 지나지 않아 해가 뜬다. 지긋지긋하게도 다시 아침이다.


현관 도어락이 울리는 소리에 이어 문 열리는 소리가 난다. 곧이어 안방 문이 닫히는 소리. 안방으로 들어간 거면 엄마다. 내가 집에 있는지 확인조차 하지 않는다. 밤새 또 술을 마신 걸까. 무거운 몸을 일으켜 화장실로 향한다. 천천히 샤워를 하고 나와 교복을 주워 입었다. 가방에 위장약과 신경안정제 등을 챙겨 넣는다. 어느새 바닥에 떨어져 굴러다니는 엄마 아빠 사진도 함께 넣었다. 근이완제를 하나 삼키고 집을 나선다. 어깨가 지독하게 결린다. 집 앞 정류장에 한참을 앉아 있었다. 정류장이 한산해질 무렵 길을 건넌다. 건너편 정류장에서 처음으로 오는 아무 버스나 잡아탄다. 학교와 반대쪽으로 가는 버스다. 맨 뒷자리에 앉아 이어폰으로 귀를 막는다. 카톡, 수영이다.

　―어디야?

　―버스.

　―지각이냐?

　―학교 안 감.

　―헐…… 어디 가는데?

　뭐라고 써야 하나 고민하다 그만둔다. 어디로 가는지 나도 모른다. 가끔 학교에 가는 대신 아무 버스나 탄다. 그리고 아무 데나 간다. 버스에 타 덜컹거리는 움직임에 몸을 맡기고 있다 보면 나도 모르게 잠들 때가 있다. 오늘도 그걸 기대해 본다. 그리고 다행히 버스 뒷자리에서 잠이 들었다.

　멀미가 나서 눈을 떴다. 버스를 누군가와 같이 타면 멀미가 나지 않는데 혼자 타면 꼭 멀미가 난다. 시간을 확인해 보니 한 시간쯤 잤다. 버스는 한강 다리 위를 달리고 있다. 왼쪽 옆에 붙어 있는 버스 노선표를 확인해 봤다. 10번. 전에 오빠와 한강 공

원을 갈 때 이 버스를 탄 기억이 있다. 돗자리를 가져가 한강을
바라보며 반나절을 누워 있었다. 중간에 편의점에서 도시락을
사 먹고 휴대폰으로 음악을 들었다. 이런저런 이야기들을 했다.
지금은 내 말에 귀를 기울이던 그 표정만이 기억에 남았다. 그
때는 밤에도 낮에도 잠이 잘 왔다. 시도 때도 없이 잠이 쏟아졌
다. 그날도 돗자리에 누워 이야기를 나누다 코까지 골며 잠들었
다. 눈을 떴을 때 오빠는 곁에서 책을 읽고 있었다. 하늘이 새파
랗고 구름 한 점 없는 날이었다. 멀리서 아이들이 깍깍 대는 소
리와 물장구 소리가 들렸다. 시간이 부드러운 벨벳처럼 흐르고
있었다. 축축하고 어두운, 맨홀 같은 곳에서 구출되어 양지 바
른 곳에 몸을 말리고 있는 기분이 들었다. 이 사람의 곁에서 나
는 보호받고 안전하다. 아주 오랜만에 느끼는 감정이었다. 어릴
적 아빠의 손이 나를 감쌀 때, 그 손이 내 얼굴을 다 덮을 만큼
크고 따스했을 때 느꼈던 그런 감정. 빤히 쳐다보는 내 시선을
느꼈는지 오빠는 책에서 눈을 떼고 그날의 햇볕처럼 환하게 웃
어 줬다.

　―깼어?

　―응, 정신없이 잤어. 뭐 읽어?

　―시집. 읽어 줄까?

—아니.

　—사막. 이성복. 세상은 온통 내가 모르는 것들로 가득 찼습니다. 나는 자꾸 슬퍼졌습니다.

　—그만.

　—당신은 내 잘못만은 아니라고 하지만 내가 아니면……

　—그마안!

　그래, 그런 시간도 있었는데. 감정은 다 그렇게 변하는 것일까. 부패하는 것일까. 그 어떤 마음도 다, 십 년을 사랑해 영원히 함께 지내고 싶어 아이를 낳고 가족을 이루고 살아도, 그렇게 사라질 수 있는 걸까. 그런 감정의 흐름을 지금은 모르겠지만 나중에는 나도 알 수 있게 되는 걸까. 그날 오빠가 억지로 끝까지 읽어 줬던 시의 내용 대부분은 기억나지 않지만 마지막 한 줄만은 또렷하게 기억난다. '당신이 아니라면 어찌 내가 사막을 보았겠습니까' 오빠는 내게 그 구절을 읽어 주고 싶었던 걸까.

　버스는 시내로 들어섰다. 속이 점점 좋지 않다. 일단 버스에서 내려야겠다.

　무작정 내리고 보니 신촌이다. 속이 쓰려 길가에서 파는 계란빵을 사 기계적으로 씹으며 사람들이 많이 걷는 쪽으로 함께 걸었다. 이곳에 나의 부모가 졸업한 대학교가 있다. 발걸음이 무의식적으로 이쪽으로 향한 것인지도 모른다. 어젯밤 젊은 아빠 엄마의 사진을 본 이후로 학교에 가지 않고 10번 버스를 탄 것에는 일련의 의도적 흐름이 있을지도 모른다.

교복을 입은 것은 나뿐이다. 하지만 아무도 신경 쓰는 것 같지 않다. 잠시 걸었을 뿐인데 숨이 차고 몸은 앞으로 고꾸라질 것 같다. 대학교 정문을 지나 벤치에 앉아 아까 산 물과 함께 신경안정제를 삼킨다. 두근대던 심장이 점차 느려지며 따뜻한 물에 들어간 것처럼 온몸이 이완된다. 몽롱해지며 마음이 평안하다. 많이 바빠 보이는 사람들 뿐이다. 대학 가면 다 노는 줄 알았는데 오빠 말대로 정말 그렇지 않다. 달팽이보다, 거북이보다 부지런한 사람투성이다. 정문에서 이어지는 길을 쭉 따라 본관으로 걸어 올라간다. 어릴 적 아빠 엄마와 함께 와 본 기억이 난다. 나더러 이 학교에 입학해서 셋이 동문이 되자고 했다. 천진하게 그러겠다고 고개를 끄덕였더랬다. 지금 성적으론 교내에 잔디를 새로 깔아 준다 해도, 건물을 새로 올려 준다 해도 절대 불가능이다. 아빠 엄마가 내 성적을 포기한 것도 벌써 오래전 일이다.

본관의 담쟁이덩굴은 아직도 짙은 초록색이다. 가까이 가서 이파리 몇 개를 뜯었다. 내가 왜 이런 행동을 하고 있는지 정확하게 모르겠다. 신경안정제를 먹으면 내가 알 수 없는 행동을 한다. 몇 개는 대충 주머니에 쑤셔 넣고 몇 개는 입에 넣어 씹어 봤다. 풀 맛과 먼지 맛이 난다. 담쟁이덩굴을 물고 유령처럼 학교를 돌아다닌다. 대부분의 건물은 일 층부터 아이디 카드를 찍어야 출입이 가능하다. 그 앞에서 얼쩡거리다 누군가와 부딪혔는데 나를 위아래로 힐끔거리길래 "오…… 토끼!"라고 해 줬다. 가방에서 신경안정제를 다시 하나 꺼내 먹었다. 그리고 잠시 후 하나 더 먹었다. 왜 이런 행동을 하는지는 나도 모르겠다. 커플, 커플이 많다. 정신은 점차 안개 속으로 실종되고 있었고 나는 그들에게 다가가 "결혼할 거예요? 으히힛." 하며 침 흘리듯 웃었다. 사람들이 나를 피해 갔다. 도를 아시냐며 길 가는 사람들을 붙잡는 사이비 종교인이 된 기분이었다. 무시당하는 기분이 나쁘지 않다. 점점 더 미친 짓을 하고 싶은 강한 충동이 들었다. 뭔 짓을 하면 좋을지 궁리하는데 엄마한테서 전화가 온다. 내가 오늘 학교에 가지 않은 사실을 알게 된 것 같다. 전화를 받아 아주 헛소리를 해서 엄마를 당황하게 만들고 싶다. 전화를 받는다.

"어디야?"

"……학교."

학교는 학교니까.

"학교에 안 갔다던데."

엄마의 한숨 소리. 엄마는 잠시 주저하다 말을 잇는다.

"보라야, 엄마 지금 아빠랑 법원이야. 서류 제출하러 왔는데 누가 양육자가 되어야 하는지 여기서 문서화해야 한대."

"그걸 지금 물어보는 거야?"

"당연히 엄마랑 살 거라고 생각했으니까. 근데 니네 아빠가 나중에 분쟁이 안 되게 너한테 정식으로 물어보라네. 지금 녹음 중이야. 엄마랑 살 거라고 한마디만 해 줘."

외국 영화에서 보면 아이가 상처 받을까 봐 부모가 엄청 조심스럽게 물어보던데, 엄마 아빠는 한 번도 그런 영화를 안 본 걸까. 게다가 녹음 중이란다. 하긴 둘은 서로 녹음하는 거 좋아한다. 캡처하기도 좋아하지. 유책 배우자를 상대에게 떠넘기기 위해. 재산을 자신에게 더 유리하게 가져오기 위해.

나는 전화를 끊어 버렸다.


이후 집으로 오는 길이 기억나지 않는다. 어디선가 가방 속에 남은 약들을 마저 입에 털어 넣었다. 그리고 필름이 끊겼고 다시 이어지는 기억은 병원. 의식이 늪 아래로 가라앉은 것 같은 상태에서도 약이 떨어지면 오늘을 넘기기 힘들 거란 생각에 맑은 마음 신경정신과로 향했다. 그리고 평소와 같이 한없이 무기력한 의사가, 내게 별다른 질문 없이 기계적으로 처방을 해 주길래 왠지 견딜 수 없이 화가 났다. 열 알 정도 먹었다고, 당신이 처방해 준 신경안정제 열 알을 한꺼번에 먹었다고 말하자 의사는 재미없는 예능 프로를 보는 듯한 눈빛으로 나를 한참 바라보더니 그렇게 먹어도 안 죽어요, 라고 대답했다. 잠시 후 머리가 혼란스러워져 갑자기 울기 시작했는데 그런 환자 백 명 쯤은 보아 왔는지 그는 마른 소리를 내는 자판을 딱딱 두드리며 그럼 약을 바꿔 보겠습니다, 했다.

새로 처방 받은 약을 들고 나와 역 앞 의자에 앉아 오빠에게 계속 전화했다. 몇 번이고 계속 계속. 이 번호는 없는 번호이오니 확인 후 다시 걸어 주시기 바란다는 멘트가 몇 번이고 반복되어 흘러나왔다. 안내 멘트가 이길지 내가 이길지 해 보자는 마음으로 백 통도 넘게 걸었지만 결국엔 내 배터리가 나가 버렸다. 집으로 돌아오자마자 세면대에 물을 받아 휴대폰을 집어넣었다. 주고 받은 메시지, 사진, 카톡, 통화 기록. 이제 다 견딜 수 없다. 이렇게 연결되지 못할 거면 가지고 있지 않는 편이 낫다. 엄마 혹은 아빠에게 녹음 당하고 싶지도 않다. 휴대폰이 가라앉은 물에 클렌징 오일과 샴푸, 세제를 되는 대로 다 펌핑해 풀었다. 거품이 세면대로 차고 넘쳐 발밑으로 흘러내린다. 멍하게 세면대로 흐르는 물을 바라보다 이제 필요하지 않은 것들이 또 하나 생각났다. 서재의 앨범을 가져와 거꾸로 탈탈 털어 물속으로 다 집어넣었다. 세면대가 좁다. 사진은 끝도 없이 쏟아져 나왔다. 변기도 화장실 바닥도 사진투성이가 되었다. 돌상 앞에서 웃는 나도, 자전거를 밀며 웃는 아빠도, 도넛을 튀기던 엄마도 물속으로 서서히 수장되었다. 내 시간과 기억들이 서서히 색을 잃고 바래 가며 죽는 순간은 길고 지루했다.

　화장실에서 잠든 나를 깨운 건 엄마였다. 눈을 뜨니 웬일로 아빠도 같이 있다. 잠시 어리둥절했다.

　"이게 다 뭐니."

　엄마는 화장실에 어지러이 흩어진 젖은 사진들을 둘러보며 물었다.

　"이제 필요 없는 거."

　"너 얼굴이 왜 그래?"

잠시 후 아빠가 들어와 내 눈을 열어 보고 뭘 먹었느냐고 물었다. 나는 고개를 저었다. 아빠가 어깨를 흔들었다.

"내버려 둬, 흔들지 마!"

내가 날카롭게 소리 지르자 아빠는 멈칫하며 물러났다.

"내가 뭘 먹든 내 얼굴이 어떻든 갑자기 무슨 상관이야?"

"일단 이리로 나와, 보라야."

아빠는 잘 서지 못하는 나를 안고 거실로 나왔다. 곧 떠날 거면서 아빠 손은 왜 이렇게 따뜻할까 하고 맥락 없는 생각이 들었다. 꿈처럼 생시처럼 눈앞의 엄마 아빠 얼굴이 흔들린다.

"엄마 아빠는 어떻게 그렇게 잘 헤어지는 거야? 나 방법 좀 알려 줘."

가방에서 사진을 꺼내 그 앞으로 던진다. 사진을 바라보는 엄마 아빠의 얼굴이 멀어졌다 가까워졌다 한다. 말이 필터링 없이 입에서 흘러나온다. 멈춰지지 않는다. 이런 부작용, 의사는 한 번도 말해 준 적이 없는데. 돌팔이 같으니라고.

"수영이가 그랬어. 웃었던 시간만큼 울어야 이별이 끝난다고. 그럼 나는 앞으로 얼마나 울면 돼?"

눈물과 콧물과 침이 뒤섞여 온 얼굴이 미끈미끈하다. 거실 바닥에 엎드려 하염없이 울고 또 울다 기억을 잃었다. 오빠와 헤어진 날이 인생 최악의 날이라 생각했는데 더 최악의 날이 기다리고 있었다니. 인생 참 거지 같네. 미안하다고 미안하다고 하는 엄마와 아빠의 목소리가 아득하게 멀리서 들려온다. 오빠도, 엄마도, 아빠도 미안하다고 말할 수 있어 참 좋겠다. 그 단어가 없으면 어떻게 살 뻔했어. 설마 그렇게 말하면 괜찮아질 거라 믿는 건 아니겠지.

아이처럼 시도 때도 없이 울던 날들이 지나갔다. 처음엔 매일, 그러다 이삼 일에 한 번, 점차 일주일에 한 번…… 이런 식으로 목 놓아 우는 시간의 간격이 길어지며 안정 비슷한 것을 찾아갔다.

그날 이후로 약물중독클리닉에 다닌다. 치료 초기 삼 주일간 입원했는데 평생 만날 이상한 사람들을 그 안에서 다 만났다. 약을 안 주니 락스를 마시려고 한, 나보다 한 살 어린 여자애도 있었다. 살아 있다는 게 신기한 사람들, 덤으로 사는 사람들. 그에 비하면 그곳에서의 나는 비정상 레벨이 아주 낮았다. 잠을 잘 이루지 못해 밤새 병동을 돌아다니는 것과 다한증과 손 떨림 증세가 있다는 것 정도. 그룹 치료를 받으러 들어가면 멀쩡한 학생이 왜 여기 와 있느냐는 말을 제일 많이 들었다. 만약 여기 백 명의 사람이 있고 그 이상함을 1부터 100까지 레벨로 놓고 보자면 나는 단언컨대 10 이하다. 거기서 깨달은 건, 마찬가지로 사랑하는 사람과의 이별이나 부모의 이혼 등의 특수성 또한 1부터 100 사이에 놓고 볼 때 10 이하일 것이라는 거다. 어쩌면 5 이하일 수도 있겠다. 그렇다면 그로 인해 오는 불행함의 정도도 어쩌면 5 이하일 수도 있겠다. 내가 느끼기에 나는 정말 죽도록 괴로웠지만 세상은 넓고 괴로운 사람은 무한히 많으며 내가 가진 정도의 괴로움이란 해변가의 모래 정도로 흔해 빠진 일밖에 안 된다는 거다.

내가 엄살쟁이란 걸 깨닫자 약이 그닥 먹고 싶지 않았다. 대신 부작용이 하나 생겼는데 무슨 일에든 별로 감흥이 없다는 거다. 나는 괴롭지도 즐겁지도 기쁘지도 슬프지도 않다. 모든 일이 둔탁한 울림으로 멀게 다가온다. 아빠는 아빠고 엄마는 엄마이며 나는 나다. 우린 모두 독립된 세 명의 다른 인간일 뿐이다. 도미노처럼 서로 기대어 다 같이 자빠질 이유가 없다.


오늘은 아빠를 만나는 날이다. 클리닉에서 퇴원 후 십이 주 프로그램도 무사히 다 마쳤고 마침 아빠와의 면접교섭일이라 아빠가 병원 앞으로 데리러 오기로 했다. 초밥을 사 달라고 하고 용돈을 달라고 하고 옷을 사러 가자고 해야겠다. 이혼 전보다 오히려 얼굴을 자주 보는 것 같다. 그리고 말도 아주 잘 들어 준다. 어색하게 잘 웃고 어색하게 이런저런 질문을 한다. 아주 낯설다. 뭐 그렇게라도 해야 나한테 죄책감이 덜해지겠지. 최대한 죄책감을 덜어 주기 위해 이것저것 다 사 달라고 해야겠다. 아빠는 거절하지 않는다. 아니 거절하지 못한다. 그런 것들로 면책이 된다면 아빠에게도 잘된 거고 나도 좋은 거다. 우린 아주 사이 좋은 부녀가 되어 가고 있다.

엄마는 일을 줄여 아침에 꼭 밥을 차려 주고 학교도 병원도 되도록 데려다주고 데리러 와 준다. 그것도 엄마 나름대로의 면책 방식이겠지. 조금씩 나는 덜 웃고 덜 우는 방식의 삶의 태도를 배워 가고 있다. 아 참, 병원에 있을 때 어떻게 알았는지 오빠에게서 연락이 왔다. 나는 받지 않았다.

최민기

"최민기 학생인가요? 여기 서울 강남 경찰서 사이버수사팀입니다. 본인 맞으십니까?"

방과후도 땡땡이치고 침대에서 뒹굴다 낮잠이 들락 말락 할 시점이었다. 밀려오는 짜증을 단전으로 모아 버럭 소리를 질렀다.

"강남?? 연변이겠지!"

전화를 뚝 끊어 버리고 눈을 감는데 잠이 다 달아났다. 보이스피싱 새끼들, 이제 고등학생한테도 전화를 다 하네. 내 이름이랑 번호는 어떻게 안 거야. 기분이 찝찝하다. 혹시나 해서 방금 걸려 온 번호를 검색해 봤다. 강남 경찰서. 뭐지, 일단 내 상식의 범위 내에서 머리를 굴려 본다. '발신 번호 조작'으로 검색을 다시 해 봤다. 역시. 맨 처음 뜨는 기사는 '휴대전화 발신번호 조작 범죄 기승.' 그럼 그렇지, 천하의 천재 소년 최민기를 속이려 들다니. 내가 공부는 못해도 부모님이 물려주신 잔머리가 멘사급인데. 여태껏 담임들에게든 친척들에게든 엄마는 늘 말씀하셨다. 애가 머리는 좋은데 공부에 흥미가 없어서……. 그렇다. 안 해서 그럴 뿐 못하는 건 아니니 전혀 문제 없다. 이 문제 해결 능력을 보라. 기분이 좋아져 히힛우힛 웃으며 다시 누워 잠을 청했다. 밤에 애들이랑 배그하려면 지금 좀 자 둬야 한다. 오늘 애들이랑 간만에 4인 팟으로 달리기로 했다. 밤새 달리려면 체력 비축. 그런데 다시 휴대폰이 울린다. 같은 번호다. 번호가 뜨자마자 전화를 받았다.

"여보세요! 이 씨바."

"한 달 전쯤에 슈나우저 인스타에 댓글 다셨죠? '관종에도 급이 있다. 나대지 좀 마라. 목소리도 가수라고 하기에 어처구니가 없을 정도로 존나 구리다'"

너무 당황해서 잘 벌어지지 않는 턱이 거의 배꼽에 닿을 때까지 어버버 했다. 내가 썼다. 분명 저런 박력 넘치는 댓글은 나밖에 쓸 수 없는 것이다. 불길한 예감이 든다.

"슈나우저 측에서 악플로 고소를 했어요. 여기는 사건이 접수된 경찰서인데 학생네 관할 경찰서로 사건 송치될 거고 거기서 다시 연락이 갈 거예요. 연락 잘 받으셔야 합니다."

"아, 선생님, 아니 경찰님, 아 뭐라고 불러야 해요? 경찰 아저씨? 저 진짜 딱 한 번 쓴 게 다예요. 진짜 맹세코 다른 거 쓴 적 없고 진짜 막 욕 먹이고 그러려고 쓴 거 아니고 장난 삼아 웃기려고 쓴 거예요. 용서해 주세요. 지금 당장 들어가서 지울게요. 진짜 죄송해요."

"그런 게 지금 의미가 없어요. 학생뿐 아니라 거기 올라온 댓글이 다 고소된 상태고 일단 고소가 된 이상 진행할 수밖에 없어요."

"그럼 저는 어떻게 되는 거예요? 감옥에 가나요? 사장님, 아니 경찰님. 저 진짜 죽을 죄를 지었어요. 그분과 통화할 수 없나요? 제가 진짜 무릎 꿇고 사과 드릴게요."

손바닥과 겨드랑이에선 땀이 줄줄 흘렀다. 경찰 아저씨의 목소리는 떡갈나무처럼 딱딱했다. 뭔가 인간적인 게 비집고 들어갈 틈이 안 보인다. 게다가 내가 말하는 사이사이 자꾸 한숨을 쉰다. 그 한숨에 내 목소리는 더 힘이 빠지고 기가 죽는다. 저런 게 악플의 범위에 들어가는 줄은 몰랐다. 인스타에서 다들 저

정도는 쓴다. 슈나우저 이 새끼, 존나 속 좁은 핵 트리플 A형 같은 놈.

"나머지는 담당 형사가 전화할 테니 자세히 물어보시고 조만간 보호자와 방문 조사 받으셔야 합니다. 끊겠습니다."

이번엔 일방적으로 저쪽에서 전화를 끊어 버렸다. 차라리 보이스 피싱을 당하는 게 나을 뻔했다. 보호자라니. 엄마의 현란한 등짝과 뒤통수 양손으로 동시에 때리기 기술이 생각나 몸이 떨린다. 엄마 손은 진짜 두껍다. 그리고 손이 진짜 맵다. 손만 이용하는 게 아니라 주변에 있는 것도 막 집어 던진다. 전엔 먹던 라면을 집어 던져 '라면비'를 맞은 적이 있다. 절망적인 기분에 눈물이 난다. 눈물과 콧물을 쏟으며 검색을 시작했다. 악플 고소. 벌금 이백만 원으로 합의? 그리고 기록에 남음? 대입 시 자료가 넘어간다고? 전과라고?

아무 생각도 할 수 없는 압도적인 멘붕 상태가 왔다. 나는 침대에 그대로 엎어져 한참을 가만히 있었다. 머리를 베개에 마구 처박으며. 내가 왜 그랬을까. 평소처럼 게임이나 하지 댓글은 왜 남긴 걸까. 슈나우저란 밴드는 나온 지 얼마 안 된 일인 밴드였는데 남자애가 엄청난 SNS 중독이다. 노래는 뭘 불렀는지 기억도 안 나는데 맨날 인스타에 올린 사진들이 기사화되어 올라온다. 술 취해서 찍는 건지 약을 한 건지 게슴츠레한 눈빛의 사진, 상반신 탈의 사진, 파티 사진, 치명적인 척 담배 피는 사진, 숏팬츠에 반 양말을 신고 유치원생처럼 차려입고 찍은 사진 등등. 하루 한두 건 이상 올라오고 최근에는 비밀 계정까지 털렸는데 웬 여자와 찍은 침대 셀카가 있어 난리가 났었다. 게다가 그 여자가 알고 보니 슈나우저의 팬클럽 회장이란 게 알려지며 팬들도 대거 이탈했다. 그럼에도 슈나우저는 꿋꿋이 SNS 행보를 이어 나갔다.

나는 슈나우저의 뻔뻔함이 존경스러우면서도 한편 띠꺼웠다. 자기가 세상의 주인공인 것처럼 늘 화사하게 웃고 있는 입 모양도 마음에 들지 않았다. 심심하기도 하고 시간이 남아서 슈나우저 인스타를 보다가 아무 생각 없이 댓글을 달았다. 다들 그와 비슷한 어조로 댓글을 달고 있었다. 그리고 게임을 한다고 곧 까맣게 잊었는데. 아파트 지하 주차창에서 날벼락을 맞아도 이보다 덜 황당하겠다.

잠시 정신을 추스르고 단톡 방에 들어가 애들에게 이 사실을 알렸다.

―개망. 나 슈나우저한테 댓글 달았다 악플 고소 들어옴. ㄷㄷㄷ

잠시 후 첫 번째 톡이 왔다.

—축하해 전과 1범

아, 이 새끼가. 잠시 후 줄줄이 톡, '요새 누가 인스타 하냐' '헐 엄마가 뭐래' '슈나우저 음원 개후짐'……애들이 진지함이 없다. 도움 받을 만한 애가 없다. 주변 애들 중 그나마 성적이 좀 되는 현준에게 전화해 의논해 보기로 한다.

현준은 전화를 바로 받았다. 둘이 따로 논 적이 없어 좀 어색하지만 그래도 얘는 애어른 같은 데가 있어서 뭔가 신박한 방법을 알려 줄지도 모른다. 현준은 단톡 방에 내가 올린 카톡을 봤다고 했다.

"어떡해야 되냐? 나 엄마한테 맞아 죽을지도 몰라."

"내가 아까 잠깐 찾아봤는데 상대가 고소 취하를 하지 않는 이상 보호자랑 무조건 출두해야 하는 건 변함이 없어."

"네가 형이라고 하고 같이 가 주면 안 될까?"

"헐, 경찰서에 신분을 위조하고 같이 가자고? 경찰이 바보냐?

"그냥 경찰서 가지 말고 가출할까?"

"그럼 진짜 빼박 전과자 돼."

으어어…… 현준과의 통화는 현실을 직시하게만 한다. 도망

갈 구멍이 전혀 안 보인다.

"너네 아빠한테 말씀드리면 어때? 너 전에 아빠는 엄마처럼 안 무섭다며."

어라? 그러고 보니 아빠도 보호자네? 내가 잠시 잊고 있었다.

"그래, 현준아! 고마워! 너 진짜 아이큐 세 자리다. 내가 아빠 생각을 못 했다. 우리 아빠가 워낙에 집에서 존재감이 없어서……."

말을 하다 아차 했다. 현준의 아빠는 얼마 전에 돌아가셨다. 가출을 했다가 시신으로 발견됐다고 한다. 그런 애한테 가출이니 아빠니 말을 방정맞게 주절댔다. 나는 현준이 듣지 못하게 얼굴을 휴대폰에서 떼고 내 입을 막 후려쳤다. 현준에게 고맙다는 말을 백 번 하고 전화를 끊었다.


하지만 그날 저녁 집안이 발칵 뒤집힌 건 나 때문이 아니었다. 엄마는 카드 명세서를 들고 운석을 직격탄으로 맞은 지구의 마지막 육식 공룡처럼 날뛰었다. 아빠가 별풍선 산다고 긁은 칠십여 만 원이 찍혀 있었기 때문이다. 나는 방문을 잠그고 숨죽이며 사태를 관망했다. 다양한 욕을 랩으로 구사하던 엄마는 아빠의 가방과 옷을 카드 명세서와 함께 현관으로 집어 던지면서 나가라고 소리를 질렀다. 잠시 후 현관문 닫히는 소리가 나고, 이어 쿵쿵 발소리가 문 앞으로 다가왔다.

"야, 최민기. 너 오늘 방과 후 또 안 나갔다며?"

"아, 오늘 배가 좀 아파서……."

"너도 나가."

휴대폰과 잠바를 집어 들고 신속한 동작으로 밖으로 나왔다. 아빠는 집 앞 벤치에 앉아 담배를 피우고 있었다. 옆에 앉았다.

"종이 명세서 보내지 말라고 신청했는데……. 카드 회사 멍청이 놈들."

"언제 했는데요?"

"오늘."

내 머리가 엄마를 닮은 건 정말 다행이다.

"누구한테 쓴 거예요, 별풍선? 아빠, 뭐 이상한 거 봤지요?"

"무슨 소리야. 너 BJ 한나라고 아냐?"

"아뇨, 첨 들어요."

"먹방의 요정이야. 얼마나 귀엽게 먹는지. 진짜 아기 새처럼 작은 입으로 쨱쨱거리면서 얼마나 잘 먹는데. 너도 구독 신청해."

"그 여자한테 쏜 거예요?"

"응. 저번 달에 수입이 별로라서 많이 못 시켜 먹더라고……."

뭐라 말을 해야 할지 모르겠어서 그냥 가만히 있었다. 아빠 저도 잘 먹어요. 하지만 그 말은 하지 않기로 했다. 중요한 부탁을 해야 한다. 남자 대 남자로.

"아빠, 저 경찰서에 가야 할 것 같아요."

"뭐엇?"

아빠의 동공이 무진장 확장됐다. 나는 악플로 고소 당해서 경찰서에 보호자와 가야 한다고 전화 받은 이야기를 단숨에 했다. 말을 하는 중간부터 아빠가 등짝을 때리기 시작해 혀를 깨물 위기가 있었지만 다행히 전달할 사항은 다 전달했다.

"그러니까 한 번만 같이 가 주세요. 엄마한테는 말하지 말고요. 엄마 이거까지 알면 우리 둘 다 집에서 영원히 쫓겨나요. 아마 아빠한테 내 양육권 주고 이혼하자 그럴 거예요."

마구잡이로 춤추던 아빠의 오른손이 드디어 멈췄다. 아빠가 내 말에 절대 동감하는 것을 알 수 있었다. 아빠는 큰 한숨을 내쉬며 새 담배를 입에 물었다.

"아빠, 저도 담배 한 대만 주시면 안 돼요?"

"아니, 진짜 이 새끼가."

겁나 세게 뒤통수를 한 대 얻어맞았다. 아직 남자 대 남자는 먼 얘기 같다.


"어떻게 오셨어요?"

경찰서 입구에서 젊은 경찰 아저씨가 물었다.

"버스 타고 왔는데요."

대답하고는 낄낄거리는데 아빠와 경찰 아저씨 둘 다 웃지를 않는다.

"어떤 일로 오셨습니까?"

"아들놈의 새끼 조, 사, 받으러 왔습니다. 사이버수사팀은 어디로 갑니까?"

"2층으로 올라가세요."

성큼성큼 걷는 아빠의 발걸음을 따라가는데 갑자기 아빠가 고개를 휙 돌리고 말한다.

"지금부터 한마디만 더 헛소리하면 죽여 버린다."

"그럼 손만 좀 잡아 주시면 안 돼요?"

아빠는 손을 들어 잡아 주는가 싶더니 내 뒤통수를 냅다 휘갈겼다. 하나밖에 없는 아들인데, 긴장을 하면 헛소리가 나오는 특징을 모르시다니. 배려심이라곤 결여된 분. 하지만 아빠는 오늘 반차를 쓰고 경찰서에 와 주셨다. 장손이라 제사에 데리고 가야 한다고 학교에 조퇴를 부탁하는 전화도 걸어 주셨다. 아부지, 효도할게요. 돌아가시면 회사에 반차 내고 꼭 제사도 다 지낼게요…… 머릿속에 헛소리가 종횡무진 하는 동안 이상하게 숨은 가빠 온다. 경찰서 내부로 들어가자 심장이 미친 듯이 뛰기 시작한다. 짙은 곤색의 제복을 입은 사람들이 보이고 안은 어두침침하다. 이제 수많은 범죄 영화에서 봐 왔던 바와 같이 똑 떨어지는 백열등 아래, 얼굴만 하얗게 동동 뜬 채로 형사에게 심문을 받는 것인가.

2층으로 올라가 담당 형사님을 만나자마자 아빠는 머리를 깊게 조아리며 사죄하기 시작했다. 내 뒤통수를 억지로 누르고 있어 나도 고개를 들 수가 없었다. 뒤통수가 남아나질 않는 날이구나. 한참 후 고개를 들었을 때 아빠와 나는 얼굴에 피가 몰려 온통 시뻘게져 있었다. 그제서야 나는 정말이지 좀 부끄럽다는 기분이 들었다.

담당 형사님은 가죽점퍼를 입고 있지 않았다. 체크무늬 남방에 베이지 색 카디건을 입고 있다. 길에서 봤으면 초등학교 선생님인 줄 알았겠다. 형사님은 의자를 두 개 가져와 우리를 앉게 하고 조사서를 작성했다. 그리고 맨 첫 줄에 내 댓글을 쓰곤 또박또박 읽었다.

"관종에도 급이 있다. 나대지 좀 마라. 목소리도 가수라고 하기에 어처구니가 없을 정도로 존나 구리다."

아빠는 폐가 찢어질 정도로 깊게 숨을 들이마시고 조사서가 날아갈 만큼 세게 숨을 내뱉었다.

"최민기 학생 본인이 작성한 거 맞나요?"

맞다고 고개를 끄덕였다. 이어 왜, 언제, 어디서, 어떤 의도를 갖고, 누가 시켰냐, 자의적으로 쓴 거냐, 댓글을 쓰고 알바비를 받거나 하진 않았냐, 등등의 질문을 하며 조사서를 작성해 나갔다. 나는 그저 장난으로, 게임하기 전 시간이 좀 남아서, 아무 생각 없이, 올라온 사진이 마음에 들지 않아서 썼다고 대답했다. 옆에서 아빠는 '처음입니다. 그리고 마지막입니다' '애가 착한데 엉뚱해서 그래요' '게임을 줄이도록 지도하겠습니다' 등등의 말을 덧붙였다. 나중에 형사님은 아버님은 조금 조용히 해 주시고요, 저기서 커피라도 한 잔 뽑아 드시고 오시라고 시켰다. 다 쓴 조사서를 읽고 아빠와 내가 사인을 하고 지문을 등록했다. 처음 가졌던 두려움과 달리 형사님은 조곤조곤 설명도 잘 해 주셨고 처음엔 누구나 실수할 수 있다고 충분히 이해한다고 말해 주셨다. 나는 거의 그분의 손등에 입 맞출 뻔했다. 미성년자에 초범이고 댓글이 여러 개가 아닌 단 한 개여서 즉결심판

신청이 가능할 거라고 했다. 즉결심판이란 단어는 뭔가 당장 그 자리에서 총살시키는 장면을 떠오르게 했지만 그렇게 끔찍한 건 아닌 것 같았다. 반성문이 좀 필요하다고 몇 장 써 올 수 있겠느냐고 하셨다.

"아, 제가 반성문으로 울린 선생님만 한 다스가 넘……"

서늘한 기운이 느껴져서 바라보니 아빠가 안구를 백팔십도 회전시킬 기세로 노려보고 있어 말을 멈췄다. 아빠는 저렇게 집 밖에만 나오면 엄청 정상인인 척한다. 형사님에게 이게 과연 별풍선 칠십만 원어치를 쏘는 것보다 범죄냐고 묻고 싶었지만 그러진 않았다. 대신 국밥은 언제 먹느냐고 물었다. 형사님은 내 말에 대꾸하지 않고 내 얼굴을 약 3초간 쳐다본 후 아빠를 향해 이제 가셔도 됩니다, 라고 했다. 우리는 일어나서 아까 들어올 때 한 행동—머리를 조아리며 정말 죄송합니다 무한 반복하기—를 하고 다시 얼굴이 빨개진 상태로 경찰서를 나섰다. 그러고는 국밥을 먹으러 갔다. 과연 경찰서 앞에는 국밥집이 많았다.

"야, 근데 큰일 났다."

"뭐요?"

"네 엄마한테 카드 다 빼앗겼다."

"통장은요?"

"니네 엄마가 어디 숨겼는지 몰라."

"비상금 없어요?"

"어. 그런 건 가져 본 적이 없다."

"왜요?"

"난 항상 경제적 비상 상태이기 때문이지."

우리는 말없이 국밥을 퍼먹었다. 즉결심판인지 뭔지에 가면 벌금이 부과되는데 바로 내야 한다고 들었다. 십만 원에서 사십만 원 사이 나오는데 그날 결정된다고. 아빠가 돈 몇 십만 원도 없을 줄은 생각도 못했다. 나도 용돈을 받는 족족 게임 머니로 다 바꿔서 돈이 없다.

"아, 나 이거 낼 돈도 없다. 네가 내라."

정말이었다. 아빠는 진심 거지 상태다.

나는 편의점에 가 충전되어 있는 교통카드를 현금으로 환급받아 국밥값을 냈다. 아빠는 다시 회사로, 나는 경찰서에 들어가기 전보다 더 무거워진 마음을 안고 터덜터덜 걸어 집으로 돌아왔다.


그 후 며칠간 집 안은 던전처럼 어두웠다. 아빠는 풀이 잔뜩 죽은 채 말없이 회사와 집을 오갔고 나 역시 엄마의 심기를 거스르지 않기 위해 평소 안 하던 설거지와 입은 옷 빨래 통에 넣기, 앉아서 소변 보기 등을 실행했다. 하지만 여전히 벌금이 문제였다. 학기 초가 아니라 문제집을 산다고 돈을 받을 수도 없었고 다음 용돈 날까지 이 주 이상 남았다. 애들에게 돈을 빌려 보려 했지만 오천 원 이상 꿔 준다는 애도 없다. 담당 형사님이 지정해 준 즉결심판의 날이 며칠 남지 않자 마음이 초조해졌다.

그러다 일주일에 한 번 하는 아파트 재활용의 날 엄마의 심부름으로 플라스틱과 종이 등을 나르다 신박한 생각이 떠올랐다. 산더미처럼 쌓여 있는 저 공병들이 다 돈이란 생각이 퍼뜩 든 것이다. 우리 집에서 두 블록 떨어진 곳에 대형 마트가 있는데 주차장 쪽에 빈 병 자동 수거함이 있다. 엄마가 장 볼 때 쓰는 간이 손수레로 옮기면 된다. 아, 이 번뜩이는 천재성. 무에서 유를 창조하는 창의성. 이제 행동으로 옮기는 행동력만 있으면 완벽하다. 나는 즉시 아빠에게 전화해 계획을 설명했다.

"야 이놈아, 그게 한 병에 백 원인데 어느 세월에 옮기고 앉아 있냐."

"한 번에 오십 병씩만 옮겨도 열 번 왔다 갔다 하면 오만 원이에요. 스무 번 왔다갔다 하면 십만 원. 아빠 수학 잘 못하죠?"

"그거 도둑질이야 인마."

"여기 박스 가져가시는 할머니 할아버지들 많은데 그냥 다 모른 척해 줘요. 수거 업체는 병이 몇 개든 박스가 몇 개든 그냥 한 달에 정해진 돈 받고 수거해 가는 건데 전혀 상관 안 하거든요. 다른 동 돌면서 하면 티도 안 나요. 아, 쫌만 도와줘요."

급한 마음에 말이 빨라졌다. 재활용은 다음 날 새벽에 업체가 와서 수거해 간다. 밤새 게임하고 자려고 할 때쯤 작업하는 걸 몇 번 봤다. 그러니 우리는 자정부터 새벽 4시 정도까지, 최대한 빨리 왔다 갔다 하면 이십만 원을 벌 수도 있다. 오늘 밤밖에 시간이 없다.

"알았다."

아빠마저 무릎 꿇게 만드는 나의 논리력과 설득력. 이 정도면 나 최민기는 대체 부족한 게 뭔가 싶은 시점.


엄마가 잠이 든 후 아빠를 깨워 옷을 단단히 입고 목공 장갑까지 챙겨 밖으로 나왔다. 나야 한참 활동하는 시간이지만 아빠는 자꾸 하품만 한다. 간이 손수레와 커다란 시장바구니를 들고 일단 벤치에 앉아 상황을 살폈다. 개미 한 마리 안 지나간다. 주차장 구석에 산더미처럼 쌓인 재활용품이 고대 유적처럼 보인다. 살금살금 다가가 보니 커다란 자루 여럿에 든 공병들이 족히 몇백 병은 넘어 보인다. 내 저것들을 팔아 그까짓 벌금 내주겠다. 잘 하면 벌금을 내고도 돈이 남아 게임 머니를 충전할 수 있을지도 모른다. 재빠른 손동작으로 손수레를 채우기 시작했다. 유리병끼리 부딪히는 소리가 유난히 날카로워 움찔했지만 곧 익숙해진다. 아빠는 옆에서 입에 담배를 문 채 미어캣처럼 자꾸 주변을 두리번거린다. 손수레를 다 채우고 시장바구니를 채우기 시작하는데 삐익, 호루라기 소리가 조용한 밤공기를 찢었다.

"뭐 하시는 겁니까?"

경비 아저씨가 손전등을 들고 멀찍이서 경계심에 가득 찬 목소리로 물었다. 아빠는 갑자기 반쯤 채워진 시장바구니의 병을 빛의 속도로 재활용품 자루로 다시 옮기기 시작했다.

"집에 병이 많아서 날 잡아서 좀 정리하고 있습니다."

"아, 주민이십니까?"

"네, 여기 101동 3층 사는 사람입니다."

"그렇습니까, 죄송합니다. CCTV로 보니 한참 동안 서 계셔서 확인 차 나왔습니다. 좀 도와 드릴까요?"

싹싹한 경비 아저씨는 대답도 듣지 않고 다가와 내가 자루에서 손수레로 열심히 옮긴 병들을 반대 방향으로 옮겼다.

"병이 정말 많네요."

"……집들이를 해 가지고요."

세 명이 열심히 병을 옮긴 결과 몇 분 지나지 않아 가방과 손수레가 다 비었다.

"감사합니다."

아빠는 또다시 내 뒤통수를 누르며 같이 경비 아저씨에게 깊이 고개 숙여 인사했다. 어두워서 보이지 않았지만 분명 또다시 우리 얼굴이 새빨갛게 되었을 테지.

하루가 또 지나갔다. 이제는 정말 시간이 없다. 고민에 고민을 거듭하다 아끼던 자전거를 중고나라에 팔기로 했다. 작년 생일에 통학용으로 받았는데 아침마다 덜 깬 정신으로 체인 락을 풀고 꺼내기 너무 귀찮아서 그냥 방치해 뒀다. 가끔 생각날 때 녹 제거 겸 해서 몇 번 탄 게 다다. 너무 아깝지만 지금으로선 그게 유일한 방법이다. 엄마도 당분간 모를 거다. 어디 갔냐고 하면 도난 당했다 할 심산이다. 중고나라에 자전거 사진을 찍어 올렸다. 십 년 탈 거라고 엄마를 조르고 졸라 무이자 육 개월 할부로 거금을 주고 산 자전거다. 중고 가격 이십만 원에 자전거

특성상 직거래로 올렸다. 다음 날 학교에 있는데 문자가 왔다.

　—자전거 상태 확인하고 살 수 있나요?

　—네, 그럼요! 상태 완전 좋아요!

　—○○동 직거래라고 하셨죠? 근처에 사는데 지금 보러 가도 되나요?

　—아 ㅜㅜ 제가 지금 학교에 있는데…….

　—자전거가 밖에 있나요? 위치 알려 주심 제가 상태 보고 바로 입금해 드릴게요.

　세상엔 이렇게 천재가 많다. 나는 감탄하며 오케이를 외치고 자전거 위치를 알려 줬다. 자전거는 우리 동 앞 자전거 거치대에 있다.

　오후가 다 되었는데 문자가 오지 않는다. 자전거 보셨나요, 라고 문자를 보냈는데 답이 없다. 마음에 들지 않는 걸까. 깎아 달라면 조금 네고 해 줄 용의도 있었는데. 깨끗하게 닦고 가격을 좀 내려서 다시 팔아 볼 생각으로 학교 끝나자마자 달려갔다. 그런데 자전거가 없다. 아무리 찾아봐도 자전거는 없다. 하, 씨발. 욕이 절로 나왔다. 그제서야 생각난 게 체인 락의 비번이 내 휴대폰 뒷자리와 같다는 사실이었다. 자전거 거치대의 쇠기둥에 머리를 마구 박으며 문자가 왔던 그 번호로 전화를 걸었다. 안 받는다. 계속 걸었다. 절대 받지 않는다. 문자를 보냈다.

　—너 이 새끼 꼭 찾아낸다. 지금 경찰서 신고하러 가는 중이다.

　물론 답이 오지 않는다. 자전거를 정말 도난당했다. 즉결심판일은 당장 코앞이다. 경찰서에 신고하고 자시고 할 시간도 없다. 절망, 또 절망뿐이다. 이제 나는 벌금도 못 내고 전과범이 되는 것이다. 벌금을 제때 못 내면 저쪽이랑 합의를 해야 한다고 했는데 합의금은 보통 이백만 원 선이라고 했다. 가래로 막을 걸 호미로 막는 거다. 아니 호미로 막을 걸 가래로 막는 건가. 암튼 그렇다. 완전히 망했다. 집으로 들어가 침대로 풀썩 뛰어들었다. 내일부터 전과 1범이 되려면 잠이나 자 둬야겠다. 다른 생각은 아무것도 떠오르지 않는다.


　아빠가 깨워 일어났다. 저녁 시간이고 엄마는 오늘 회식이라고 한다.

　"라면 좀 끓여라."

　절망에 빠진 아들에게 라면을 끓이라는 무신경한 분. 하지만 나도 배가 고픈 관계로 툴툴대며 주방으로 갔다.

　"네 개 끓여라. 계란은 두 개."

제일 큰 냄비를 꺼내 라면 물을 받았다. 한숨이 멈추질 않는
다. 물을 잘 못 맞춰 퉁퉁 불은 라면을 아빠와 나눠 먹었다.

"라면도 제대로 못 끓이냐."

"아빠가 끓이지 그러셨어요."

"하, 이 새끼 벌금 내주지 말까 보다."

눈이 번쩍 뜨였다. 나는 라면을 입에 가득 욱여넣은 채로 의
자에서 벌떡 일어나 되물었다.

"벌금 구했어요?"

"라면 튀어 시키야."

"정말, 정말이에요? 왜 말을 안 해 주셨어요? 어디서 났는데
요?"

"빌렸다."

아아 아부지, 나는 아빠를 끌어안고 덩실덩실 춤을 췄다.

"아빠, 아니 존경하는 아버지, 더 드세요. 많이 드세요."

아빠 그릇 앞으로 라면을 마구 덜어 드렸다.

"다음 달부터 받는 용돈으로 삼 개월 할부로 갚아라. 이자는
십 프로다."

"완전 고리대금업자네…… 그나저나 좀 빨리 말해 주시지
그랬어요! 안 그랬으면 자전거……"

"자전거가 뭐?"

"아니에요······."

기쁨의 시간이 지나자 좀 억울한 기분이 들어 철퍼덕 의자에 주저앉아 라면을 먹었다. 라면은 점점 불어서 먹어도 먹어도 줄지 않았다. 라면을 먹다 아빠가 화장실에 간 사이 아빠 휴대폰이 이삼 초 간격으로 띠링띠링 자꾸 울린다. 누구인가 싶어 휴대폰을 살펴봤다.

먹방 관련 동호회에서 계속 알람이 울렸다. 호기심에 들어가서 이것저것 눌러 봤다. 가입한 밴드와 카페가 다 합해서 스무 개가 넘는다. 먹방뿐 아니라 등산, 바둑, 부동산, 수제 맥주, 여행, 산책, 당구, 음악······ 진짜 다양하다. 아빠가 쓴 글에 댓글이 달리면서 자꾸 알림이 울린다. 이렇게나 다양한 관심사와 취미를 가진 줄 몰랐다. 글도 진짜 많이 썼다. 몇 개 읽어 보니 시덥잖은 신변잡기의 글들이다. '오늘은 금요일, 내일은 치맥하는 날, 너무 기대됩니다. 우리 모두 온라인 치얼스~!' '아들놈이 말썽을 부려 기운이 빠져 죽겠습니다. 그래도 우리 횐님들 모두 기운 내시고 즐거운 하루 보내세요(하트).' '박혜경 씨 이번 신규 앨범은 정말 가요계의 마스터피스로 남을 것 같습니다. 안 들어 보신 분들 모두모두 강추강추.' 이런 쓸데없는 글은 왜 쓰는 거지. 의아했지만 댓글들을 보곤 좀 짜증이 났다. 대부분이 'ㅇㅇ' '님아 강요는 싫어요' '아재 감성' 등 무성의하고 버르장 머리가 없다. 집에서 존재감 없는 아빠지만 바깥에서까지 존재 감이 없는 걸 보려니 기분이 이상하다. 그런 댓글에도 불구하고 아빠는 댓글에 일일이 또 답글을 달아 놨다. 제일 많이 쓴 댓글 은 '우리 소통하고 지내요'였는데 아빠가 이렇게나 소통하고 싶 어 한다는 건 오늘 처음 알았다. 아빠가 돌아오는 바람에 잽싸 게 휴대폰을 제자리에 갖다 두었다.

"근데 아빠, 뭐 하나 물어봐도 돼요?"

"뭔데."

"아빠 왜 그 BJ 한나인가 뭔가 하는 사람한테 돈을 그렇게 많 이 쓰셨어요?"

대답 없이 라면만 드시던 아빠는 잠시 후 소주를 가져오라 하셨다. 라면 국물을 안주 삼아 두세 잔을 연거푸 마신 아빠의 얼굴은 금방 붉어졌다.

"토요일마다 치맥 데이였거든. 채팅방 사람들이 다 치킨을 먹으면서 방송을 보는 거야. 그 BJ랑 마주 보고. 좋더라고. 그래 서 그랬다."

"치킨 저도 잘 먹는데……."

말하다 아차 싶었다. 엄마 없는 주말에 아빠가 치킨을 시켜 주시면 내가 먹을 것만 덜어서 방에 들어와 게임을 하면서 먹었다. 아빠랑 마주 보고 뭘 먹어 본 게 요 근래 국밥이나 라면 말고는 언제인지 잘 기억나지 않는다. 아빠는 보통 퇴근이 8시가 넘어서 저녁은 엄마와 둘이 먼저 먹는 게 일반적이었다. 아빠가 혼자 뭘 하고 있는지 생각해 본 적도 없다. 이상하게 마음 한편이 싸한 기분이 든다.

"이제 치킨 제가 같이 먹어 드릴게요."

그리고 제일 중요한 말을 덧붙였다.

"대신 별풍선 쏠 돈은 저를 주세요."


즉결심판일이 되었다. 아빠는 학교에 전화해 할머니(이미 돌아가셨다)가 위독하시다고, 장손이라 같이 가야 한다고 나를 빼냈다. 그런데 법원으로 가는 길에 형사님이 전화를 걸어 왔다. 새벽에 슈나우저가 자살 암시글을 올렸다고 한다. 본인과 연락 두절 상태여서 현재 재판이 진행될지 안 될지 모르겠다고 일단 법원으로 가서 대기하라고 했다. 휴대폰으로 바로 검색을 해 봤다. 인스타에 새벽 4시 무렵 눈을 감은 셀카와 함께 올라온 글은 다음과 같았다.

#힘들다 #사실은모두나를싫어하는걸안다 #주변의사람이 늘수록외로워지기만한다 #27살이면참오래살았다 #모두잘지 내시길

인스타 글은 금방 기사화되어 슈나우저는 검색어 1위를 찍 었다. 오빠 죽으면 안 된다고 우리가 무슨 짓을 한 거냐고 악플 쓴 사람들이 살인자라고 댓글이 줄줄이 달렸다. 보고 있자니 심 장이 꽉 조이고 손발이 차가워지는 기분이 들었다. 이런 감정은 초딩 때 엄마 지갑에서 돈 꺼낼 때나 들던 기분인데. 갈비뼈 아 래서 술렁술렁 대는 이 기분의 정체가 죄책감이란 걸까.

하지만 얼마 안 있어 슈나우저는 자택에서 자다 매니저에 의 해 깨어났고 인스타 글은 삭제되었다. 곧 사과의 글이 올라왔 다. 이 모든 일들이 빛과 같은 속도로 일어났다. 슈나우저는 이 제까지 받은 악플을 다 합친 것보다 더 많은 악플을 오늘 받을 것으로 보인다. 재판은 예정대로 진행됐다.

재판 순서를 기다리는 애들은 거의 다 미성년자였다. 그중 몇 명은 나대다가 판사님한테 혼나고 순서가 뒤로 밀렸다. 나는 다행히 앞에서 네 번째라 오래 기다리지 않았다. 내 순서에 판 사님 앞에 섰다. 판사님이 물어보시는 질문에 무조건 죄송하다 고, 다시는 그러지 않겠다고, 정말 잘못했다고 대답했다. 아빠가 내 뒤통수를 누르기 전에 나도 모르게 고개를 숙였다. 아침에 본 슈나우저 기사 때문인지, 나 때문에 또 연차를 쓰고 잘못도 없이 용서를 비는 아빠 때문인지, 뭐라 말할 수 없는 복잡한 기분이 들었다. 이런 기분은 열여덟 인생 처음이었다. 미처 몰랐는데 아빠란 참 좋은 존재 같다. 내가 길 때 앞에서 끌어 주고 뒤에서 밀어 주진 못하지만 옆에서 같이 기어 주는 그런 존재랄까. 하지만 아빠의 이런 모습은 두 번 다시 보고 싶지 않다. 슈나우저의 자살 암시 글을 읽고 심쿵한 그 기분도 다시 겪고 싶지 않다. 판사님이 질문할 때마다 우리는 바닥을 뚫으려는 두 마리의 딱따구리처럼 고개를 숙이고 또 숙였다. 초범이고 반성을 많이 한다는 점이 참작되어 벌금은 십만 원으로 끝났다. 그 자리에서 바로 벌금을 내고 법원을 빠져나오는데, 동굴 속에서 세상 밖으로 보름 만에 탈출했던 태국 청소년축구단의 기분이 이런 걸까 싶다.

"아빠, 벌금으로 빌린 돈 남았죠? 저 맛있는 거 사 주시면 안 돼요?"

"맛있는 거? 두부?"

"……치킨 사 주세요."

치킨을 사 들고 집으로 돌아와 나란히 컴퓨터 앞에 앉았다. BJ 한나 채팅방에 들어가 같이 방송을 보며 치킨을 먹었다. 아빠가 요정이라 칭한 그분은 생각보다 나이가 지긋하신, 요정보다는 족장 같은 느낌적인 느낌이었지만 정말 맛있게 잘 드셨다. 그분의 오늘의 메뉴는 닭발이었다. 아이 손만 한 닭발이 그분의 입술 안에서 순식간에 해체됐다. 닭발 테크니션이다. 어느새 우리는 치킨은 손에 든 채로 넋을 잃고 방송을 보았다. 그러는 동안에도 띠롱띠롱 아빠의 휴대폰 알림이 바쁘게 울린다.

"아빠, 왜 이렇게 온라인 활동을 열심히 해요?"

"……관종이라 그렇다."

오…… 큰 깨달음이다. 슈나우저에게 진심 미안한 마음이 좀 든다. 아빠나 슈나우저나 채널이 다를 뿐이지 똑같이 외롭고 심심해서 아무나의 따뜻한 관심이 필요한 것인데. 아무래도 아빠가 활동하는 카페에 가입을 해서 댓글 좀 달아 드려야겠다. '오빠! 너무 재밌으신 분이네요 호호호' 뭐 이런 정도면 될까. 쇠뿔도 당기면서 빼렸다고 가입을 하기 위해 연 포털 사이트에는 슈나우저가 아직도 헤드라인으로 떠 있다. '슈나우저, 자살 암시 글 작성 후 자택에서 자다 깬 채 발견' 나는 악플 일색인 댓글들 아래로 댓글을 달았다.

─슈나우저 님, 오래오래 건강하게 사세요.

　아빠에게 다는 댓글인지 슈나우저에게 다는 댓글인지 모르
겠으나 암튼 엄청 진심이었다는 거.

졸업

바람이 차다. 2월이지만 어제와 그저께는 낮 최고 기온이 거의 20도까지 올라갔다. 이상 기온이라고, 당분간 계속될 거라고 기상 캐스터가 어젯밤 뉴스에서 분명하게 얘기했는데. 하연은 얇은 자켓을 여미며 계단을 오른다. 3층짜리 찬합 도시락의 음식은 식어 가며 무게를 더하는 것일까. 집에서 나올 때보다 적어도 1킬로그램 이상의 무게가 더해진 것 같다. 하연은 1킬로그램이 얼마나 큰 중량임을 안다. 1,000그램. 삼겹살을 한 근 사면 600그램, 거기다 400그램을 더한 무게. 아이의 몸무게가 1킬로그램씩 늘 때마다 손목을 비롯한 온몸의 관절과 근육에 들어가는 힘이 다르다. 그것을 알기에 하잘것없어 보이는 이 '1'이란 숫자의 존재감을 안다. 얼른 만나서 다 먹어 치워야겠다 생각하며 하연은 씩씩하게 계단을 오른다.

오늘 하연은 새벽 4시에 일어났다. 1단은 김밥과 유부초밥으로 채웠고 2단은 한입에 먹기 좋게 불고기와 제육을 반반 비율로 상추에 얹었고 쌈장까지 올렸다. 상추의 사이즈를 균일하게 하기 위해 가위로 오렸다. 3단은 딸기와 오렌지, 방울 토마토다. 방울 토마토에 습관처럼 깨로 눈을 붙이려다 그만뒀다. 도시락을 다 싸고 나니 6시였다.

식구들이 깰까 봐 유령처럼 움직였다. 화장실로 들어가 딸기향의 새 샤워젤을 꺼냈다. 같이 구매한 샴푸와 바디로션도 뜯었다. 세 제품의 향은 다 같았다. 샤워를 하며 며칠 전 이 제품을 권하던 판매원의 말을 떠올렸다. 언니, 알죠? 퍼퓸 레이어드. 남자들이 가장 좋아하는 향은 꽃향기도 페로몬도 사향도 아닌 과일 향이라고. 그것도 향수처럼 강렬한 향이 아닌 은은하게 풍기는 샴푸 향. 거금을 투자했다. 하연은 재경에게 이 향으로 기억되고 싶다. 딸기를 먹을 때마다 하연을 떠올리게 하고 싶다. 딸기를 먹을 때마다 얼굴이 빨개지게 해야지. 샤워젤을 아낌없이 덜어 온몸에 바르고 발랐다. 샴푸도 두 번이나 했다. 바디로션은 발바닥까지 바르고 나오다 자빠질 뻔했다. 이것이 바로 퍼퓸

레이어드다.

시외버스를 타고도 잘 수 없었다. 어젯밤 8시부터 잠들기 위해 별짓을 다했지만 꿈인지 생시인지 알 수 없는 망상들에 밤새 시달렸다. 졸리고 피곤했지만 버스 안에서 3단 찬합이 넘어지지 않도록 잘 안고 있어야 했다. 게다가 어젯밤부터 온몸의 뉴런 세포가 다 들고 일어나 파티를 하는 기분이다. 오면서 심호흡을 몇 번이나 했는지, 손바닥의 땀을 얼마나 닦았는지, 거울을 몇 번을 봤는지 모른다. 영원히 올 것 같지 않던 그날이 바로 오늘이고 영원히 도착하지 못할 것 같은 그곳이 바로 이곳이다.

서울랜드의 입구에 도착해 시간을 확인해 보니 10시 40분이다. 다시 한번 씨씨쿠션을 꺼내 얼굴을 확인한다. 잠을 못 자 다크서클이 턱까지 내려왔다. 눈 아래 퍼프를 마구 두드린다. 뭉친다. 닦았다. 다크서클이다. 다시 두드린다. 또 뭉친다. 이런 제기랄.

주위를 둘러본다. 평일 아침의 놀이공원은 한산하다. 앉아 있을 만한 곳이 없어 매표소 주변을 그저 서성인다. 초조하다. 화장실은 두 번이나 다녀왔는데. 하연이 재경을 만나는 건 거의 두 달 만이다. 머리가 조금 자랐을까. 저번에 만났을 때 재경의 앞머리는 거의 눈을 찔렀다. 그렇게 긴 머리의 재경을 이전에는 본 적이 없어 하연은 가슴이 뛰었다. 재경은 앞머리가 걸리적거렸는지 습관적으로 머리를 쓸어 넘겼다. 뺨에 희미하게 남은 여드름 흔적도 귀여웠다. 그날 무슨 대화를 했고 무엇을 했는지 잘 기억나지 않았지만 다만 그 장면만이 또렷하게 기억에 남았다. 오늘 만나면 손을 뻗어 만져 봐야지. 먼지를 떼어 주는 척. 잠깐 쉬던 뉴런 세포들이 다시 파티를 열기 시작한다. 무거운 도시락을 축축한 왼손에서 오른손으로 바꿔 든다. 11시까지 십 분 남았다.

재경은 택시가 떠나자마자 좆됐다고 외쳐 버렸다. 그리고 금방 다시 망했다, 라고 고쳐 말했다. 하연은 저 표현을 싫어한다. 잘 알지만, 쓰고 싶지 않지만 저 단어는 혀 밑에 매복해 있는 것 같다. 위기 상황에서 너무나 효과적으로 게다가 반사적으로 튀어나온다. 망했다라는 문장으로는 도저히 따라갈 수 없는 아우라가 있다. 하지만 약속 시간이 이미 넘은 시간에, 어딘지 알 수 없는 길거리에 내려졌고 휴대폰은 없다. 엄마와 아이엘츠 5.5가 될 때까지 안 쓰기로 약속했다. 엄마와 충분히 대화하고 합의한 부분이지만 지금 이 순간 엄마가 너무나 원망스럽다.

택시 아저씨한테 서울랜드라고 말했는데. 서울랜드 매표소라고 말했어야 하는 건가. 서울랜드 어디쯤인가. 놀이 기구가 보이는 것이 서울랜드이긴 하다. 다만 매표소가 어딘지 당최 알 수가 없다. 지나가는 사람도 없다. 공중전화도 당연히 없다. 택시에서 딴생각을 하다 허둥지둥 내렸다. 바깥을 잘 보고 있었는데, 내리기 전 택시 기사가 이제 거의 다 왔어요, 말하자마자 잠시 정신이 혼미해져서. 패닉 상태가 되어 무조건 앞으로 걷는다. 문을 연 가게가 없다. 바람이 찬데 등에 땀이 주르륵 흐른다.

마지막 메일에서 하연은 "서울랜드 매표소에서 11시, 늦지 마.^^"라고 했다. 6시에 일어났는데 늦는다니 너무 억울하다. 서울로 올라오는 버스는 출근 시간과 맞물려 예상보다 오래 걸렸고 지하철 노선표를 보다 패닉에 빠져 택시를 탄 행위는 오판이었다.

재경의 걸음이 경보하는 사람처럼 빨라지기 시작했다. 반대 방향으로 미친 속도로 가는 건 아닌가 불안했지만 방법이 없다. 일단 걸어서, 제일 처음 만나는 사람이나 가게에 도움을 요청해야 한다. 시간은 11시 15분을 가리킨다. 삼십 분은 기다려 주겠지. 하연은 잘 기다려 주는 사람이던가, 모르겠다. 그런 통계를 낼 수 있을 만큼 많이 만나진 않았던 것 같다. 하지만 하연은 화

를 내진 않을 거다. 하연이 화내는 건 한 번도 본 적이 없다. 하
연은 재경이 아는 사람 중 가장 인내심이 뛰어난 사람이다. 하
연이 화내는 모습을 보고 싶다는 생각이 문득 든다. 화내는 모
습뿐만이 아니라 우는 모습, 더 크게 웃는 모습, 초조해하는 모
습, 싸우는 모습, 기뻐하는 모습, 즐거워하는 모습, 자는 모습,
자다 일어난 모습, 모든 모습들, 하연의 모든 일상들. 재경은 어
느새 빙구처럼 실실 웃고 있다. 생각을 그만하고 얼른 하연을
찾아야 한다. 재경은 달리기 시작한다.

작년, 자퇴 직후 이사 가기 전날 재경은 하연을 찾아갔다. 꽃
향기에 질식해 죽을 것 같던 5월이었다. 재경이 내미는 USB를
하연은 종이처럼 하얀 얼굴을 하고 받았다. 무슨 말인가를 하고
싶었지만 아랫입술만 깨물다 뒤돌아 왔다. 하연에게서 연락이
온 건 가을이었다. 모든 마음을 내려놓고 학교에서의 기억을 포
맷하고도 몇 달이 지난 날이었다. 하연이 보낸 메일을 읽고 또
읽었다. "나는 네가 생각하는 그런 사람이 아닐 거야." 하연이
쓴 그 문장을 이해하기 위해 암호 전문가처럼 그 문장만 생각
하던 계절이었다. 메일을 주고받으며 달팽이 같은 속도로 서로
에게 다가갔다. 백 통이 넘는 이메일이 쌓였고 그러는 사이사이

네 번을 만났다.

하연이 재경에게 연락한 건 USB 속의 한 곡 때문이라고 했다. 우연히 아무도 없는 놀이터에서 듣다 그 곡이 나왔고 그때, 그 노래를 들었을 때 재경의 마음을 조금 이해할 수 있을 것 같은 기분이 들었다고, 그래서 메일을 쓸 수밖에 없었다고. 하연이 긴 플레이 리스트 사이에 놓칠까 봐 조마조마하며 집어넣은 곡. 자기에게 자신이 없는 남자가 짝사랑하는 여자를 바라보며 열등감과 슬픔을 표현한 곡. 새벽마다 짝사랑하는 이들의 신청곡 폭주로 차트를 역행해 차트 좀비라는 별명도 갖고 있는 곡. 십 센치의 「스토커」라는 노래였다. 매일 하연을 몰래 바라만 보던 재경에게 주제가로도 손색이 없었다. USB를 줄 때까지만 해도 재경은 감히 하연의 남친으로 살아 볼 수 있으리라곤 상상도 하지 못했다. 그래서 재경은 평생 십 센치에게 감사한 마음을 가지고 살기로 결심했다. 십 센치의 음원은 무조건 유료로 사기로. 은퇴할 때까지 무조건.

하지만 그날 놀이터에서의 그 음악은 촉매였을 뿐 하연의 마음을 흔든 건 봄날 USB를 내밀던 재경 손의 떨림 때문이었다고도 했다. 그래서 재경은 본인의 수전증에게도 감사하기로 했다. 참으로 쓸데없는 것들이 순간을 결정하고 인생을 뒤집어 버린다. 아무튼 그날 이후로 하연은 재경의 손을 좋아해 줬다. 손도 하연이 먼저 잡았다. 그날 재경은 잡힌 손에서부터 몸이 점차 굳어 죽는 줄 알았다. 그 순간을 떠올리자 뭔가 온몸이 간지러운 기분이 들어 잘 달릴 수가 없다. 이럴 때가 아닌데. 재경은 간이매점을 발견하고 서울랜드 매표소의 방향을 묻고 황소처럼 그쪽으로 돌진했다. 멀리서 하연의 얼굴을 확인하고 시간을 보니 11시 30분이다. 하연이 화가 났을 거란 걱정에 속도와 자신감이 조금씩 떨어진다.

얼굴이 시뻘건 채로 재경이 도착했다. 만나면 뭐라고 해야지 생각했는데 하연은 너무 웃겨서 한마디도 못하고 등을 돌렸다. 말을 하면 웃음이 터질 것 같아 걷기만 하는데 재경이 우왕좌왕 야단이다. 딸기, 딸기 냄새가 난다. 왜 딸기 냄새가 나지? 딸기 농장이 근처에 있나? 재경은 중얼거리며 코를 킁킁거린다. 찬합 도시락이 무거운데 들어 주진 않고. 그런데 귀엽다. 얼굴이 빨간 것도 귀엽고 킁킁대는 것도 귀엽고 늦은 것도 귀엽고 딸기 농장 얘기도 귀엽다. 하연은 자꾸 미소가 배 속에서부터 스멀스멀 기어 올라와 아랫입술을 깨물었다. 딸기 먹을래? 재경이 고개를 끄덕인다. 뚜껑을 살짝 열어 딸기 두 개를 꺼냈다.

달콤한 향이 따라 올라온다. 하연은 재경의 입에 딸기를 하나 넣어 주고 하나는 자기 입에 넣었다. 긴 여행을 하느라 조금 무른 딸기는 턱이 뻐근하도록 달다. 하나 주면 정 없대, 하연은 하나를 더 재경의 입에 넣어 준다. 딸기가 입에 닿는 순간 재경은 눈을 질끈 감는다. 하연의 손에 빨갛게 딸기물이 들었다.

둘은 자유이용권을 사서 놀이공원 안으로 들어간다. 평일 오전이라 정말 한산하다. 하연이 뭐부터 탈 건지 물어보자 재경은 생뚱맞게 배가 고프다고 한다. 아침을 못 먹은 데다 달리기까지 하고 나니 기운이 하나도 없다고. 일단 각자 싸 온 도시락을 먹기로 했다. 이래저래 벌써 12시다. 소나무가 많은 잔디밭 위에 테이블과 의자가 있어 그곳에서 도시락을 열었다. 해가 들지 않아서인지 기온이 더 낮아진 것 같다. 하연은 맞부딪치는 턱을 멈추게 하기 위해 어금니를 꽉 깨문다. 여백이 없는 하연의 3단 도시락에 비해 재경의 도시락은 샌드위치로 간단하다. 어차피 같이 나눠 먹는 거니 큰 상관은 없다. 하지만 하연은 도시락을 너무 과하게 싼 건가 조금 신경이 쓰인다. 하연의 엄마는 어디 놀러 갈 때 늘 그런 식으로 도시락을 싸 줬다. 그리고 하연도 이제 그런 식으로 도시락을 싸게 되었다. 배부르게 잘 먹는 일이 중요하다고 생각하게 된 것이다. 흘끗 바라보니 재경은 진공청소기처럼 음식을 빨아들이고만 있다. 말은 한마디도 안 한다. 하연은 해체된 김밥의 내용물과 밥알을 젓가락으로 하나하나 천천히 입으로 옮겼다. 나무 의자와 테이블은 차가웠다. 둘은 얼음 위에 앉은 두 에스키모 커플처럼 묵묵히 음식을 먹었다. 찬바람이 조금 더 세게 분다. 얇은 자켓 속으로 소름이 오소소 인다. 재경은 고개도 들지 않고 도시락에 집중해 있다. 앞머리가 코까지 내려와 있다. 하연은 앞머리를 뒤로 올려 주려고 손을 뻗다 재경이 뒤로 움찔 물러나는 바람에 거둬들였다. 갑자기 하연은 이 애와 어딘가로 멀리 가고 싶단 생각을 했다.

재경은 체한 것 같은 기분이 들었다. 음식을 너무 급하게 먹었다. 하연이 딸기를 입에 넣어 준 이래로 몸을 어떻게 움직여야 하는지 어떤 표정으로 어떤 말을 해야 하는지 모르겠어서 일단 밥을 마구마구 입으로 밀어넣었다.

졸업식 날 만나자고 한 건 재경이었다. 그냥 보내기에 쓸쓸할 것 같았다. 영화관, 스케이트장, 남이섬 등 이야기하다 놀이 공원으로 정해졌다. 실내가 있는 롯데월드를 두고 굳이 서울랜드로 잡은 건 하연의 의견이었다. '미술관도 같이 볼 수 있잖아'

라고 말했지만 사실 하연은 재경과 마주 앉아 이렇게 도시락을 먹고 싶었다. 봄날의 야외 놀이공원과 도시락의 조합. 레트로하지만 데이트의 정석, 아니 끝판왕 같았다. 하지만 봄인데도 너무 춥다. 이상과 현실 간 괴리감이 느껴진다. 밥알 사이사이 흰 입김이 새어 나와 공기 중에 흩어졌다. 질소 김밥인가. 재경은 밥풀을 하나하나 헤아리는 하연을 몰래 훔쳐봤다. 음식이 무슨 맛인 줄은 모르겠다. 하지만 맛있다는 것만은 알겠다. 재경이 혼자 하연을 떠올리면 얼굴이 잘 기억나지 않는데 예쁘다는 것만은 알겠다는 것과 같은 이치다.

샌드위치와 3단 도시락을 다 비웠다. 둘은 함께 도시락을 정리했다. 만나면 하고 싶은 말이 많았는데. 재경은 위장과 대장이 조여 오는 듯한 격렬한 긴장감을 느꼈다. 그리고 잠시 후 일어나 걷기 시작하면서 그것이 긴장감이 아닌 설사감인 것을 깨달았다. 급하게 눈을 굴려 가며 근처 화장실의 위치를 스캔했다. 달릴 수는 없다. 보폭을 좁게 하며 정신을 집중해서 걷는데 하연이 재경의 손을 잡는다. 손바닥에서 땀이 나는데, 손을 좀 놔줬으면 좋겠는데, 화장실 150미터. 화장실 표지판을 보니 몸의 반응에 가속도가 붙기 시작한다. 재경이 정신을 차리고 보니 어느 샌가 하연의 손을 뿌리치고 성큼성큼 앞서 걷고 있다. 몸을 멈출 수가 없다. 화장실 앞에서 뒤따라오는 하연을 향해 끄덕 고갯짓을 간신히 해 보이고는 화장실 안으로 들어갔다. 작년 위세척을 한 이래로 위와 장이 민감해졌다. 들어가자마자 구토를 하고 잠시 후 설사를 하기 시작했다. 위아래로 동시에 나오려고 해서 속도를 조절하느라 너무 힘들다. 얼마나 시간이 흐른 건지, 간신히 끝내고 세수를 하고 밖으로 나왔다. 하연이 걱정스러운 얼굴로 재경을 바라본다. 눈을 쳐다볼 수 없다.

"배탈 났어?"

"아니, 사람이, 사람이 많아서."

하연은 텅 빈 화장실 쪽을 흘긋 바라보더니 고개를 천천히 끄덕거렸다.

"뭐 탈 수 있겠어?"

"당연하지. 뭐, 롤러코스터? 바이킹? 타고 싶은 게 뭐야?"

"무리하지 마."

"바이킹부터 타자."

재경은 다시 하연을 앞질러 걷기 시작했다.

"그쪽 아닌데."

하연은 재경이 걷는 반대 방향으로 몸을 돌렸다. 그리고 몇 발자국 걷자마자 다시 재경은 배가 뒤틀리듯 아파 왔다. 좆됐다. 아까 약속 시간에 늦었을 때 이 문장이 떠올랐을 때보다 열 배쯤 강렬하고 압도적인 '좆된 상태'가 되었다. 화장실은 바로 몇 미터 뒤에 있었지만 돌아서서 갈 수 없다. 재경은 필패임을 알면서도 적진으로 뛰어드는 병사의 마음으로 화장실 반대 방향으로 간신히 걸음을 옮겼다. 다행히 몇 걸음 걷다 보니 임시 휴전 상태가 왔다. 인생 마지막 무대에서 열연하는 배우처럼 밝고 큰 목소리로 하연에서 어서 가자고 재촉했다. 자리에 앉아야 한다. 앉아야 좀 더 버틸 수 있다.

둘은 그렇게 바이킹을 탔다. 몸이 붕 뜨고 내려올 때마다 재경은 괄약근에 힘을 주는 데 집중해야 했다. 아무것도 보이지 않았고 아무것도 들리지 않았다. 3분 남짓한 시간이 영원 같았다. 그리고 내리자마자 재경은 수풀로 달려가 토했다. 하연이 등을 두드려 줬다. 재경은 토하며 남몰래 울었다. 석 달 만에 만난 여친 앞에서 똥 싸고 토했다.

하연은 재경의 손을 잡아끌어 벤치에 앉혔다. 손바닥 한가운데를 손가락으로 꾹꾹 눌러 주며 동시에 등을 쓸어내려 주었다.

"……자유 이용권 괜히 끊었다."

재경이 다 죽어 가는 목소리로 말하자 하연은 "아냐, 뛰자마자 급하게 먹어서 그래." 하고 다정하게 말했다. 하연의 다정함에 재경은 눈물이 날 뻔했다. 화장실을 세 번쯤 더 들락거리고 나서야 재경은 진정됐다. 하지만 다시 놀이 기구를 탈 엄두는 나지 않는다. 둘은 말없이 벤치에 앉았다.

"너라도 타."

하연은 픽, 웃었다. 내면적 갈등이 끝나자 재경은 하연에게 미안해지기 시작했다.

"애기는?"

"응, 오늘 엄마한테 맡겼어. 애기 아니야. 벌써 다섯 살인데."

"애긴데."

하연은 조용히 웃었다. 작년 겨울, 메일이 몇 번 오고간 후 하연은 그녀의 아이 사진을 재경에게 보내며 아이를 가지게 된, 그 모든 상황에 대해 설명했다. 아이의 아빠, 임신, 전학, 출산, 아이가 자신의 동생으로 호적에 올라가 있지만 스무 살이 지난 후 호적 정정을 하겠다는 말. 재경은 메일을 받고 일주일 넘게 제대로 못 자고 못 먹었다. 혼자 생각하기에 너무 벅찬 문제였지만 누구와도 의논할 수 없는 문제였다. 하지만 못 자고 못 먹는 와중에도 날이 갈수록 또렷해지던 생각은 하연이 얼마나 외로웠을까, 이 말을 하기 위해 얼마나 망설였을까 하는 것들이었다. 그 후 재경이 하연에게 보낸 답장의 첫 문장은 '이제 정말 겨울이다.'였고 마지막 문장은 '말해 줘서 고마워.'였다. 그 후 재경은 이따금 아이의 안부를 묻는다. 그리고 하연은 간간이 아이의 사진을 보내며 얼마나 컸는지 어떤 행동을 하는지 말해 주곤 했다. 아이는, 정말, 하연을 많이 닮았다.

재경은 아직도 손바닥을 지압하고 있는 하연의 손을 꼭 쥐었다. 희고 작은 손이다.

"매니큐어 발랐네?"

하연은 손을 움츠리며 나지막하게 웃었다.

"사탕 같아."

동그랗고 반짝이는 하연의 손톱을 만지며 재경이 말했다. 그러고 보니 하연에게 아까부터 어렴풋하게 딸기 향이 난다. 재경은 하연에게 좀 더 바짝 붙어 앉았다. 딸기 향이 조금 더 진해졌다. 오후가 되며 기온이 조금 올라갔고 주변의 공기도 조금 더 달콤해졌다. 재경은 아아, 날씨 좋다 하며 하연의 어깨에 머리를 기댔다. 키가 작은 하연에게 기대니 허리와 등 전체가 부자연스럽게 휘며 힘들었지만 그대로 있었다. 하연도 움직이지 않고 가만히 있었다. 둘은 숨을 가만가만 쉬며 한참을 그대로 있었다.

많은 사람들이 앉아 있는 재경과 하연 앞을 지나갔다. 삑삑
거리는 신발을 신고 걷는 아이, 그 아이를 따라가는 젊은 부부,
팔짱을 끼고 걸어가는 연인, 얼굴은 희고 입술은 빨간 여학생
들, 솜사탕을 들고 가는 군인들, 안경 쓴 대학생. 둘은 움직이는
화면을 보는 것처럼 아무런 말도 없이 지나가는 사람들을 바라
봤다.

"좋다."

하연의 말에 재경은 기댄 채로 고개를 끄덕였다. 재경의 귀
에 닿은 하연의 어깨는 부드럽고 따뜻하다. 햇볕이 두 사람의
이마를 덥혀 준다. 좋다, 좋아. 재경은 두 번이나 좋다고 말해
봤다. 핑, 하는 소리를 내며 롤러코스터가 지나갔다. 말없이 앉
아 있는 사이 몇 번이나 핑 하는 소리가 들렸다. 갑자기 아주 많
은 시간이 흐른 것처럼 느껴졌다.

"며칠에 출국이야?"

"25일."

"일주일 남았나."

재경은 다시 고개를 끄덕였다.

"너는? 입학식 해?"

"참석 못 할 것 같아. 아이 유치원 입학식이랑 같은 날이라."

하연은 사이버대학 유아교육과를 들어갔다. 학점을 이수하면 어린이집 선생님이 될 수 있다고 한다. 재경이 학교를 자퇴하고 몇 달 후 하연도 학교를 그만뒀다. 검정고시를 봤고 카페에서 알바를 했다. 고작 일 년이 좀 넘은 시간인데 하연은 벌써 어른의 얼굴을 하고 있다.

"메일 매일 보내."

얼마 전부터 하연은 메일 매일 보내라는 말을 매일매일 한다. 재경은 힘주어 고개를 끄덕였다. 하루에 두 번 세 번 보낼 거야. 걱정하지 마.

"많이 외롭겠지?"

혼잣말인지 재경에게 묻는 건지 애매한 억양으로 하연이 말했다.

"여름방학 때 들어오는데 뭐."

집이 서로 멀어서 어차피 자주 보지 못했다. 그래도, 그래도 잘 못 만나는 것과 못 만나는 것은 차이가 크다. 쓸쓸함의 크기도 다르다.

그때 하연의 전화벨이 울렸다. 보라에게서 걸려 온 영상통화였다. 하연이 휴대폰을 들고 어찌할까 하는 눈으로 재경을 바라봤다. 재경이 화면의 응답 버튼을 눌렀다.

"어, 보라야!"

"하연아, 우리 지금 졸업식 해! 보고 싶어서 전화했어. 너도 같이 졸업해야지."

"야, 자퇴생이 무슨 졸업이야?"

하연은 말은 그렇게 하면서 보라에게 고마움을 느꼈다. 자퇴 후 보라는 하연에게 가끔 연락하며 안부를 챙겼다. 아직도 잊지 않아 줘서, 졸업이라고 함께 있고 싶어 해 줘서 하연은 고마웠다.

"재경이랑 있어? 오, 커플!"

옆의 수영이 얼굴을 내밀며 아는 체를 했다. 재경이 손을 살짝 들어 올리며 멋있는 척을 한다.

"와, 커플이다! 자퇴생 커플이다!"

작은 화면으로 민기가 얼굴을 비집고 들어온다. 이재경, 이 새끼 연락도 안 하고 배신자 새끼 하며 욕부터 한다. 하연은 웃음이 터져 재경과 한참 웃었다. 보라가 휴대폰을 들어 졸업식장 안의 풍경을 360도로 돌려 보여 준다. '제32회 졸업장 수여식'이라고 쓰인 현수막이 보이고 애들은 성가대복 같은 것을 다 입고 있다. 옷 뭐야, 크크크크. 둘은 다시 웃음이 터졌다. 졸업생 대표가 올라가 졸업장을 받는 것을 보고 교장 선생님 말씀도 함께 들었다. 졸업 노래로 「석별의 정」이 나오자 분위기가 조금 숙연해졌다. 둘은 조용히 졸업식 장면을 지켜봤다.

"시간 참 빠르다."

하연이 재경을 바라보며 말했다. 재경의 눈가가 빨개져 있다.

"너 울어?"

"아, 무슨 소리야."

재경이 고개를 돌려 얼굴을 가린다. 하연은 재경의 등을 토 닥토닥해 준다. 졸업 노래가 끝나자 휴대폰 화면에 현준의 얼굴 이 뜬다.

"야, 이재경, 잘 지내냐? 유학 간다며."

"야, 이 재수 없는 금수저 새끼 연락 좀 해라."

민기가 다시 얼굴을 디미는데 보라가 전화를 낚아챈다.

"하연아, 전화해! 한잔하자! 재경이도 데리고 나와!"

옆에서 남자애들이 막 뭐라고 목청껏 소리 지르는데 소리가 다 엉켜서 무슨 말인 줄 모르겠다. 한참 시끄럽다 갑자기 전화 가 뚝 끊겼다. 진공 상태가 된 것처럼 일시적으로 주변이 조용 해져서 하연과 재경은 얼떨떨한 상태로 가만히 있었다. 잠시 후 재경이 말했다.

"애들 보러 졸업식 갈 걸 그랬나?"

"아니, 너랑 여기 있는 게 더 좋아."

조금 걷기로 하고 재경과 하연은 일어났다. 아이들 근황 이야기를 잠시 나누다 한참을 말없이 걸었다. 걷다 보니 미술관이 나왔다. 들어가 볼까 하는데 휴관일이다. 관람은 포기하고 기념품 샵이 있어 들어갔다. 기념품들이 꽤나 비싸다. 작은 파우치나 모빌 같은 것들, 툭툭 건드리고 돌려 보기도 하며 매장 안을 돌아다녔다.

"뭐 하나 사 줄까?"

재경의 물음에 하연은 대충 손가락을 들어 목걸이, 귀걸이 세트를 가리켰다.

"십…… 육만 원?"

재경의 얼굴이 더 하얗게 된다, 하연은 킥킥 웃으며 농담이라고 했다. 우리 할머니 스타일이야. 하연이 소곤거리자 재경이 안도의 숨을 내쉬었다.

"이건 어때?"

재경이 괴상하게 생긴, 파리 얼굴 같은 스탠드를 들어 보인다.

"현대 미술의 결정체 같아."

"가격은…… 칠만팔천 원? 히익."

풀이 죽어 스탠드를 내려놓는 재경의 앞으로 하연이 엽서 두

장을 내밀었다. 미술관과 롤러코스터 그림이 있는 엽서다. 이곳을 일러스트로 그린 것 같다. 하나는 낮, 하나는 밤이다. 낮의 하늘은 복숭아색이고 밤의 하늘은 짙은 잉크 색이다.

"이거면 돼?"

여러 번 묻는 재경에게 하연은 여러 번 그렇다고 고개를 끄덕였다. 엽서가 한 장에 무려 삼천 원이다. 대단하다. 종이 한 장을 삼천 원에 팔다니. 재경은 계속 중얼거렸다. 계산을 마치고 재경과 하연은 엽서를 한 장씩 나눠 가졌다.

"잘 가지고 있어. 다시 만나서 얼굴을 못 알아보면 이 엽서로 서로를 찾는 거야."

"유리왕이냐."

"그러려면 아주 엽서를 찢어서 반씩 가지고 있어야지."

"안 돼, 안 돼."

재경이 엽서를 들고 가게 밖으로 뛰어나갔다. 하연도 따라 나갔다.


산속이라 그런지 4시가 좀 넘었을 뿐인데 해가 저물고 있다. 둘은 나란히 미술관의 담벼락에 기대앉아 해가 천천히 작아지는 것을 바라봤다. 바람에 흔들리는 나무들을 바라봤다. 발밑으로 점차 깊어지는 그늘을 바라봤다. 해가 멀어지자 바람이 조금 더 서늘해지며 다시 몸이 떨려 오기 시작한다. 재경의 손이 어깨를 감쌌다고 하연이 느끼는 순간 입술에 따스한 입김이 닿았다. 모든 것이 순식간에 멈췄다. 몸의 떨림도 거짓말처럼 멈췄다. 재경은 입술을 일단 댔지만 어찌할 바를 몰라 그저 가만히 있는 것처럼 보였다. 롤러코스터가 지나가는 소리가 아주 멀리, 혹은 머릿속에서 펑, 하며 들렸고 하연은 현기증이 났다.

짧은 입맞춤 후 재경은 하연의 눈을 가만히 바라다보며 말했다.

"돌아오면 네가 있는 곳으로 갈게."

이토록 진지한 재경의 얼굴과 목소리를 하연은 처음 본다. 웃음이 터질 것 같은데 눈물도 터질 것 같다.

"너랑 나랑 애기랑 셋이 살자."

하연은 천천히 고개를 끄덕끄덕했다.

"졸업 축하해."

"너도."

재경은 하연에게 다시 입을 맞췄다. 아까보다 조금 더 길고 친밀한 입맞춤이었다. 재경은 하연의 어깨를 힘주어 안았다.

"내가 정말 좋아하는 거 알지."

알아, 하연은 속으로 대답했다. 처음 본 순간부터, 네가 나를 보면 얼굴이 자꾸 빨개져서 알고 있었어. 그래서 나도 자꾸 너를 바라보게 됐어. 네가 내게 USB를 줬을 때 너무 기뻤어. 나를 좋아해 줘서 고마워.

해가 지자 사방은 금세 어두워졌다. 돌바닥에서 냉기가 올라온다. 따뜻한 걸 마시러 가자고 재경이 먼저 일어났다. 소나무 숲길을 가로질러 놀이공원 쪽 카페로 향했다.

"모든 문제를 지금 다 해결할 필요는 없을 거야."

재경이 문득 말했다.

"우린 아직 스물도 안 됐는데."

스물, 이란 단어에 하연은 가슴이 조금 욱신거렸다. 그래, 우리는 이제부터 스물이지. 어둠 속에서 재경의 손을 찾아 쥐었다. 재경이 하연의 손을 꼭 마주 잡았다. 이 온기를, 이 감촉을 기억할 거야. 어둠 속에서 반짝반짝 빛나던 네 마음을, 네 말들을.

둘은 길고 긴 소나무 숲을 한참 걸었다. 어둡고 추웠지만 이 길이 영원히 계속되길 바랐다. 멀리 반딧불처럼 노란 등을 켠 카페가 보였다. 숲이 끝나기 전 재경은 다시 한번 하연에게 입맞췄다. 하연은 생각했다. 이 길이 끝나면 우리는 어른이 될 것이다. 무슨 일이 닥치든 우리는 적어도 지금보다는 더 성숙한 인간이 되어 해결해 나갈 것이다. 재경은 멀고 낯선 나라로 떠나지만 자기 꿈을 찾을 것이고 나는 보육교사가 되어 적지만 안정적인 월급을 받고 아이를 내 힘으로 키울 수 있을 것이다. 만나지 못해도 괜찮아, 이것이 마지막이라도 괜찮아. 언젠가 서로의 존재로 인해 그 시절을 좀 더 잘 견뎠다는 것을 깨달을 테고, 다시는 만나지 못하더라도 기억할 거야. 가장 좋았던 그때를. 가장 좋은 지금을.

하지만 하연은 재경의 손을, 깊은 물속에서 만난 동아줄처럼 더욱 단단히 붙잡았고 그 체온에 그 온기에 눈물이 났다. 재경도 하연의 손을 더욱 세게 잡았다. 둘의 걸음은 천천히 늦춰졌고 마침내 완전히 멈췄다. 재경과 하연은 망연히 어두운 숲속을 응시하고 있었다. 재경이 무슨 생각을 하고 있는지 하연은 알 수 있었다. 그건 완전히 같은 생각일 테니까.

어쨌거나 지금은 스무 살 같은 건 되고 싶지 않아.

작가의 말




"교사 생활 20년 만에 너처럼 별난 애는 처음 본다."

고등학교 1학년 담임선생님께 들었던 말이다. 바야흐로 질풍
노도를 가볍게 넘어서 지랄발광의 시기를 지나고 있었다. 모든
게 싫다가, 모든 게 좋다가, 모두가 좋다가, 모두가 싫다가. 내
마음은 나도 모르고 아무도 모르는, 대단히 복잡하고 풀기 어려
운 암호 같은 것이 되어 버렸지만 누구도 공들여 풀어 보려고
시도하지 않았다. 어른들은 먹고살기 바빴고 국가부도의 날이
가까워 오고 있었으며 게다가 1999년 지구가 끝날지도 모르는
시점에 17세 소녀의 마음 따위에 신경 써 줄 사람이 어디 있었
겠는가.

고2 때 전학을 한 후, 학교에서 내가 한 일은 엎드려 있기, 책 읽기 정도뿐이었다. 아이들과 몰려다니며 말썽을 부리거나 눈에 띄는 일탈은 하지 않았지만 차라리 그게 나았을지도 모른다. 종일 아무와도 말하지 않은 날들이 쌓여 갔다. 무기력하고 우울했고 살아야 하는 이유에 대해 단 한 줄도 생각해 낼 수 없었다. 그 무렵 도스토예프스키의 『죄와 벌』을 읽었다. 거기서 주인공 라스꼴리니코프에게 주정뱅이는 이런 말을 한다. '어떤 인간이라도 찾아갈 만한 곳이 한 군데쯤은 있어야 하지 않겠습니까.' 그 말이 이상하게 오래오래 기억에 남았다.

영혼이 구원받기 위해서는 많이도 필요 없이 단 한 곳의 장소면 된다는 것을, 그 무렵 누군가와 만나며 깨달았다. 나의 은 사님인 김혜정 선생님. 어떤 날엔 수업 중 엎드려 있던 내 뒤통수를 가만히 어루만져 주셨고 어떤 날엔 내가 읽던 책의 제목을 궁금해하셨다. 그리고 어떤 날엔 말씀하셨다. 너는 작가가 되는 게 어떻겠니.

나의 우울함과 불안함과 미칠 듯이 오르락내리락 하던 감정의 파고를, 선생님은 작가가 되기 위한 좋은 자질이라고 말씀하셨다. 나의 전 존재는 그때 단숨에 구원 받았다. 그 이후로 많은 시간이 흘러 대학을 졸업하고 전공을 바꾸고 결혼을 하고 아이를 낳고 평범한 엄마가 되어 가며 '작가'와 점점 멀어져 가는 와중에도 선생님은 항상 말씀하셨다. '너는 작가가 될 거야.' 만 20년이 넘게 그 말을 듣다 보니 언젠가부터 내가 작가가 되지 않으면 이상하다고 생각하게 되었다. 선생님은 피그말리온보다 더 오래, 변치 않는 애정을 가지고 나를 진짜 작가로 만드셨다. 참으로 길고 깊은 믿음이었다.

청소년 소설을 쓰기로 결심한 것은 내 아이의 십 대가 나처럼 힘들면 어쩌나 하는 걱정이 점차 커져서였다. 날 닮아 심리가 매우 복잡한 청소년이 될 가능성이 농후한데 그렇다면 나와 열린 대화를 해 줄 리 만무하니 사춘기를 정통으로 세게 만난 애들 얘기를 써 보자 싶었다. 냉동고에 감춰 둔 햄스터 같은 것을 가진 아이들에게 괜찮다고 다독여 주는 목소리가 되고 싶었다. 언제든 갈 수 있는 단 하나의 장소가 되고 싶었다. 마지막 작품인 '졸업'이 마무리 작품으로 다소 미흡하다고 빼면 어떻겠냐는 의견이 있었지만 뺄 수 없었다. 내가 이 소설을 통해 이야기하고 싶은 것은 결국 그 작품에 있었기 때문이다. 하연도 재경도 단 한 사람의 이해와 위로로 힘든 시간을 견뎌 낸다. 많이도 필요 없다. 한 명이면 된다. 그 한 명이 때론 이 세상 전부와 같은 지지인 것을 말해 주고 싶었다.

이 소설은 내 아이를 위해 써 온 것이기에 지금 이 글을 읽고 있는 십 대의 독자들 모두가 내 아들이고 딸 같다. 아이들에게 내가 대표로 이 세상 전부의 지지를 보낸다. 사랑을 보낸다.

부족한 작품에 빛을 보게 해 주신 블루픽션 심사위원 선생님들, 책이 나오기까지 애써 주신 비룡소 관계자 분들, 특히 고생하신 장은혜 편집자님, 늘 따뜻한 격려를 보내 주신 하성란 선생님, 사랑하는 나의 가족들(특히 글 쓰는 내게 부담 주지 않으려 자꾸 외식을 제안하던 남편), 전 세계와 전국 각지에 흩어져 있는 내 친구들, 질리도록 내 글을 읽어 준 스터디 친구들 모두에게 감사의 말씀 전합니다. 감사합니다.

나의 첫 책을 열여덟 살의 나와 그날의 김혜정 선생님께 바칩니다.

조우리

★인용문의 출처는 다음과 같습니다.

74쪽: 아고타 크리스토프, 용경식 옮김 『존재의 세 가지 거짓말』(까치, 2014)
120쪽: Richard Brautigan, 「On the Elevator Going Down」(1976)

**블루픽션 51**

# 어쨌거나 스무 살은 되고 싶지 않아

1판 1쇄 펴냄 2019년 3월 29일
1판 6쇄 펴냄 2023년 8월 9일

지은이 조우리
펴낸이 박상희
편집주간 박지은
편집 장은혜
디자인 어나더페이퍼, 이희영

펴낸곳 (주)비룡소
출판등록 1994년 3월 17일 제16-849호
주소 06027 서울시 강남구 도산대로1길 62 강남출판문화센터 4층
전화 02)515-2000 팩스 02)515-2007
홈페이지 www.bir.co.kr
제품명 어린이용 반양장 도서 제조자명 (주)비룡소 제조국명 대한민국 사용연령 3세 이상

ⓒ 조우리 2019. Printed in Seoul, Korea.

ISBN 978-89-491-2072-0 44800
      978-89-491-2053-9 (세트)

이 도서의 국립중앙도서관 출판시도서목록(CIP)은 서지정보유통지원시스템 홈페이지(http://seoji.nl.go.kr)와
국가자료공동목록시스템(http://www.nl.go.kr/kolisnet)에서 이용하실 수 있습니다.
(CIP제어번호 : CIP2019009869)

# | 블루픽션 시리즈

**1. 스켈리그** 데이비드 알몬드 글/ 김연수 옮김

안데르센 상, 엘리너 파전 문학상, 카네기 상, 휘트브레드 상, 마이클 L.프린츠 상,
어린이도서연구회 권장 도서, 책교실 권장 도서, 중앙독서교육 추천 도서

**2. 운하의 소녀** 티에리 르냉 글/ 조현실 옮김

소르시에르 상, 어린이도서연구회 권장 도서

**4. 0에서 10까지 사랑의 편지** 수지 모건스턴 글/ 이정임 옮김

밀드레드 L. 배첼더 상, 어린이도서연구회 권장 도서

**5. 희망의 섬 78번지** 우리 오를레브 글/ 유혜경 옮김

안데르센 상 수상 작가, 밀드레드 L. 배첼더 상, 머더카이 상, 아침햇살 선정 좋은 어린이 책,
중앙독서교육 추천 도서, 책교실 권장 도서, 책따세 추천 도서

**6. 뤽스 극장의 연인** 쟈닌 테송 글/ 조현실 옮김

프랑스 '올해의 청소년 책', 소르시에르 상, 어린이도서연구회 권장 도서, 열린 어린이가 뽑은 좋은 책

**7. 시인 X** 엘리자베스 아쳬베도 글/ 황유원 옮김

카네기상, 내셔널 북 어워드, 마이클 L. 프린츠 상, 보스턴 글로브 혼 북 상, 골든 카이트 어워드,
아침독서 추천 도서

**9. 이매지너리 프렌드** 매튜 딕스 글/ 정회성 옮김

**10. 초콜릿 전쟁** 로버트 코마이어 글/ 안인희 옮김

미국 도서관 협회 선정 도서, 뉴욕타임스 선정 도서, 어린이도서연구회 권장 도서

**11. 전갈의 아이** 낸시 파머 글/ 백영미 옮김

뉴베리 상, 국제 도서 협회 선정 도서, 마이클 L 프린츠 상, 책교실 권장 도서, 어린이도서연구회 권장 도서

**13. 나의 산에서** 진 C. 조지 글/ 김원구 옮김

뉴베리 상, 미국 도서관 협회 선정 도서, 어린이도서연구회 권장 도서,
열린 어린이가 뽑은 좋은 책, 책교실 권장 도서

**15. 우리 형은 제시카** 존 보인 글/ 정회성 옮김

줏대있는 어린이 추천 도서

**17. 푸른 황무지** 데이비드 알몬드 글/ 김연수 옮김

안데르센 상, 엘리너 파전 문학상, 스마티즈 상, 마이클 L.프린츠 상, 어린이도서연구회 권장 도서

**18. 킬리만자로에서, 안녕** 이옥수 글

학교도서관저널 추천 도서

**20. 기억 전달자** 로이스 로리 글/ 장은수 옮김

뉴베리 상, 보스턴 글로브 혼 북 명예상, 어린이도서연구회 권장 도서,
열린 어린이가 뽑은 좋은 책, 교보문고 추천 도서

**22. 내 인생의 스프링캠프** 정유정 글

세계청소년문학상, 문화관광부 교양 도서, 어린이도서연구회 권장 도서,
교보문고 추천 도서, 학도넷 추천 도서

**23. 줄무늬 파자마를 입은 소년** 존 보인 글/ 정회성 옮김

아일랜드 '오늘의 책', 행복한 아침독서 추천 도서, 교보문고 추천 도서

**25. 파랑 채집가** 로이스 로리 글/ 김옥수 옮김

어린이도서연구회 권장 도서

**26. 하이킹 걸즈** 김혜정 글

블루픽션상, 한국문화예술위원회 우수문학도서, 책따세 추천 도서, 학도넷 추천 도서

**27. 지구 아이** 최현주 글

제11회 블루픽션상 수상작

**28. 나는 브라질로 간다** 한정기 글

황금도깨비상 수상 작가, 소년조선일보 추천 도서, 중앙일보 추천 도서

**29. 키싱 마이 라이프** 이옥수 글

한국문화예술위원회 우수문학도서, 어린이도서연구회 권장 도서, 교보문고 추천 도서,
전국독서새물결모임 추천 도서, 학교도서관저널 추천 도서

**30. 꼴찌들이 떴다!** 양호문 글

블루픽션상, 행복한 아침독서 추천 도서, 교보문고 추천 도서, 책따세 추천 도서,
경기도학교도서관사서협의회 추천 도서, 중앙일보 북클럽 추천 도서

**31. 우연한 빵집** 김혜연 글

문학나눔 선정 도서, 학교도서관저널 추천 도서, 책따세 추천 도서, 아침독서 추천 도서,
어린이도서연구회 추천 도서

**32. 생쥐와 인간** 존 스타인벡 글/ 정영목 옮김

미국 도서관 협회 선정 도서, 국립어린이청소년도서관 추천 도서

**33. 두 개의 달 위를 걷다** 샤론 크리치 글/ 김영진 옮김

뉴베리 상, 미국 어린이 도서상, 스마티즈 북 상, 영국독서협회 상 수상작,
경기도학교도서관사서협의회 추천 도서, 학도넷 추천 도서

**34. 침묵의 카드 게임** E. L. 코닉스버그 글/ 햇살과나무꾼 옮김

스쿨 라이브러리 저널 선정 최고의 책, 에드거 앨런 포 상 노미네이트,
경기도학교도서관사서협의회 추천 도서, 아침독서 추천 도서

**35. 빅마우스 앤드 어글리걸** 조이스 캐럴 오츠 글/ 조영학 옮김

스쿨 라이브러리 저널 선정 최고의 책, 미국 도서관 협회 선정 최고의 청소년 책,
뉴욕 공립 도서관 추천 도서, 학교도서관저널 추천 도서

**36. 서쪽 마녀가 죽었다** 나시키 가오 글/ 김미란 옮김

소학관 문학상, 일본 아동문학가협회 신인상, 한국간행물윤리위원회 청소년 권장 도서,
어린이도서연구회 권장 도서, 아침독서 추천 도서, 책따세 추천 도서

**37. 닌자걸스** 김혜정 글

전국학교도서관담당교사모임 추천 도서, 아침독서 추천 도서

**38. 첫사랑의 이름** 아모스 오즈 글/ 정회성 옮김

안데르센 상, 제브 상

**39. 하니와 코코** 최상희 글

블루픽션상, 사계절문학상 수상 작가, 학교도서관저널 추천 도서

**40. 파랑 치타가 달려간다** 박선희 글
제3회 블루픽션상 수상작, 학교도서관저널 추천 도서, 아침독서 추천 도서,
어린이도서연구회 권장 도서, 책따세 추천 도서, 문화체육관광부 우수교양도서

**41. 나는, K다** 이옥수 글
학교도서관저널 추천 도서

**42. 어쩌자고 우린 열일곱** 이옥수 글
한국도서관협회 우수문학도서, 학교도서관저널 추천 도서

**43. 앉아 있는 악마** 김민경 글

**44. 최후의 Z** 로버트 C. 오브라이언 글/ 이진 옮김
뉴베리 상 수상 작가

**46. 줄리엣 클럽** 박선희 글
제3회 블루픽션상 수상 작가, 대한출판문화협회 선정 올해의 청소년 도서,
한국도서관협회 선정 우수문학도서

**47. 번데기 프로젝트** 이제미 글
제4회 블루픽션상 수상작

**48. 뚱보가 세상을 지배한다** K.L. 고잉 글/ 정회성 옮김
마이클 L. 프린츠 아너 상

**49. 파랑 피** 메리 E. 피어슨 글/ 황소연 옮김
미국학교도서관저널, 미국도서관협회 선정 청소년 분야 '최고의 책',
학교도서관저널 추천 도서, 책따세 추천 도서

**50. 판타스틱 걸** 김혜정 글
제1회 블루픽션상 수상 작가, 대한출판문화협회 선정 올해의 청소년 도서,
고래가 숨쉬는 도서관 선정 도서, 한국도서관협회 선정 우수문학도서,
경기도학교도서관사서협의회 추천 도서

**51. 어쨌거나 스무 살은 되고 싶지 않아** 조우리 글
제12회 블루픽션상 수상작

**52. 우리들의 팝조름한 여름날** 오채 글
마해송 문학상 수상 작가, 한국도서관협회 선정 우수문학도서,
국립어린이청소년도서관 추천 도서, 경기도학교도서관사서협의회 추천 도서,
2017 순천시 One City One Book 선정 도서

**53. 웰컴, 마이 퓨처** 양호문 글
제2회 블루픽션상 수상 작가, 대한출판문화협회 선정 올해의 청소년 도서,
경기도학교도서관사서협의회 추천 도서

**54. 초록 눈 프리키는 알고 있다** 조이스 캐럴 오츠 글/ 부희령 옮김
미국 내셔널북어워드, 오헨리 상 수상 작가, 경기도학교도서관사서협의회 추천 도서,
국립어린이청소년도서관 추천 도서

**56. 메신저** 로이스 로리 글/ 조영학 옮김
뉴베리 상, 보스턴 글로브 혼 북 명예상 수상 작가, 경기도학교도서관사서협의회 추천 도서

### 59. 고백은 없다 로버트 코마이어 글/ 조영학 옮김
전미 도서관 협회 선정 청소년을 위한 최고의 책,
퍼블리셔스 위클리 선정 최고의 책, 북리스트 편집자의 선택

### 61. 개 같은 날은 없다 이옥수 글
2013 서울 관악의 책 , 목포시립도서관 추천 도서 , 울산남부도서관 올해의 책,
책따세 추천 도서, 한국간행물윤리위원회 청소년 권장 도서, 한국도서관협회 우수문학도서,
국립어린이청소년도서관 추천 도서

### 63. 명탐정의 아들 최상희 글
제5회 블루픽션상 수상 작가, 문화체육관광부 우수교양도서

### 64. 갈까마귀의 여름 데이비드 알몬드 글/ 정희성 옮김
안데르센 상, 엘리너 파전 문학상, 카네기 상, 휘트브레드 상 수상 작가

### 65. 파랑의 기억 메리 E. 피어슨 글/ 황소연 옮김

### 67. 하필이면 왕눈이 아저씨 앤 파인 글/ 햇살과나무꾼 옮김
카네기 메달, 가디언 어린이 픽션 상

### 68. 반드시 다시 돌아온다 박하령 글
제10회 블루픽션상 수상작, 학교도서관저널 추천 도서, 세종도서 문학나눔 선정 도서

### 69. 원더랜드 대모험 이진 글
제6회 블루픽션상 수상작, 국립어린이청소년도서관 추천 도서, 아침독서 추천 도서

### 70. 나는 일어나, 날개를 펴고, 날아올랐다 조이스 캐럴 오츠 글/ 황소연 옮김
미국 내셔널북어워드, 오헨리 상 수상 작가

### 71. 칸트의 집 최상희 글
제5회 블루픽션상 수상 작가, 아침독서 추천 도서, 세종도서 문학나눔 선정 도서

### 72. 태양의 아들 로이스 로리 글/ 조영학 옮김
뉴베리 상, 보스턴 글로브 혼 북 명예상 수상 작가

### 73. 마법의 꽃 정연철 글
푸른문학상 수상 작가, 세종도서 문학나눔 선정 도서, 학교도서관저널 추천 도서

### 74. 파라나 이옥수 글
학교도서관저널 추천 도서, 사계절문학상 수상 작가, 책따세 추천 도서, 국립어린이청소년도서관
추천 도서, 세종도서 문학나눔 선정 도서, 아침독서 추천 도서

### 75. 그 여름, 트라이앵글 오채 글
마해송 문학상 수상 작가, 국립어린이청소년도서관 추천 도서, 아침독서 추천 도서

### 76. 밀레니얼 칠드런 장은선 글
제8회 블루픽션상 수상작, 학교도서관저널 추천 도서, 아침독서 추천 도서

### 77. 아르주만드 뷰티 살롱 이진 글
블루픽션상 수상작가, 한국출판문화진흥원 우수 콘텐츠 제작 지원 당선작

### 78. 굿바이 조선 김소연 글